CB122469

EXÍLIO

EXÍLIO

ANDRÉ CARAMURU AUBERT

FARIA E SILVA
EDITORA
Rio de Janeiro, 2024

Exílio

Copyright© 2024 Faria e Silva.

Faria e Silva é uma empresa do Grupo Editorial Alta Books (STARLIN ALTA EDITORA E CONSULTORIA LTDA).

Copyright © **2024** by André Caramuru Aubert.

ISBN: 978-65-6025-101-4

Impresso no Brasil — 1ª Edição, 2024 — Edição revisada conforme o Acordo Ortográfico da Língua Portuguesa de 2009.

Dados Internacionais de Catalogação na Publicação (CIP)
(Câmara Brasileira do Livro, SP, Brasil)

Aubert, André Caramuru
Exílio / André Caramuru Aubert. --
Rio de Janeiro : Faria e Silva Editora, 2024.

ISBN 978-65-6025-101-4

1. Ficção brasileira I. Título.

24-195387 CDD-B869.3

Índices para catálogo sistemático:

1. Ficção : Literatura brasileira B869.3

Tábata Alves da Silva - Bibliotecária - CRB-8/9253

Todos os direitos estão reservados e protegidos por Lei. Nenhuma parte deste livro, sem autorização prévia por escrito da editora, poderá ser reproduzida ou transmitida.

A violação dos Direitos Autorais é crime estabelecido na Lei nº 9.610/98 e com punição de acordo com o artigo 184 do Código Penal.

O conteúdo desta obra fora formulado exclusivamente pelo(s) autor(es).

Marcas Registradas: Todos os termos mencionados e reconhecidos como Marca Registrada e/ou Comercial são de responsabilidade de seus proprietários. A editora informa não estar associada a nenhum produto e/ou fornecedor apresentado no livro.

Material de apoio e erratas: Se parte integrante da obra e/ou por real necessidade, no site da editora o leitor encontrará os materiais de apoio (download), errata e/ou quaisquer outros conteúdos aplicáveis à obra. Acesse o site www.altabooks.com.br e procure pelo título do livro desejado para ter acesso ao conteúdo.

Suporte Técnico: A obra é comercializada na forma em que está, sem direito a suporte técnico ou orientação pessoal/exclusiva ao leitor.

A editora não se responsabiliza pela manutenção, atualização e idioma dos sites, programas, materiais complementares ou similares referidos pelos autores nesta obra.

Faria e Silva é uma Editora do Grupo Editorial Alta Books

Produção Editorial: Grupo Editorial Alta Books
Diretor Editorial: Anderson Vieira
Editor da Obra: Rodrigo Faria e Silva
Vendas Governamentais: Cristiane Mutüs
Gerência Comercial: Claudio Lima
Gerência Marketing: Andréa Guatiello

Produtora Editorial: Milena Soares
Revisão: Ana Clara Mattoso e Paulo Aragão
Diagramação: Natalia Curupana
Capa: Marcelli Ferreira

ALTA BOOKS
GRUPO EDITORIAL

Rua Viúva Cláudio, 291 — Bairro Industrial do Jacaré
CEP: 20.970-031 — Rio de Janeiro (RJ)
Tels.: (21) 3278-8069 / 3278-8419
www.altabooks.com.br — altabooks@altabooks.com.br
Ouvidoria: ouvidoria@altabooks.com.br

Editora **afiliada à:**
ASSOCIADO

Para Clélia, a primeira, mais exigente e mais generosa das leitoras.

Para meus filhos Anna, Pedro, Guilherme e Bruna.

Para minha mãe.

À memória de meu pai, de quem ouvi (e modifiquei) algumas das histórias deste livro.

Elle est retrouvée.
Quoi? – L'Éternité.
C'est la mer allée
Avec le soleil.

[Ela foi encontrada.
Quem? – A eternidade.
É o mar que se vai
Com o sol.]

Arthur Rimbaud, *L'Éternité*, maio de 1872.

Il est des lieux où meurt l'esprit pour que naisse
une vérité qui est sa négation même.
Lorsque je suis allé à Djémila, il y avait du vent et du soleil,
mais c'est une autre histoire.

[Há lugares onde a mente morre, para que nasça
uma verdade que é a sua própria negação.
Quando eu estava em Djemila, havia o vento e o sol,
mas essa é uma outra história.]

Albert Camus, *Le vent à Djémila*, 1937.

Je veux ma voix brutale,
je ne la veux pas belle,
je ne la veux pas pure.

[Quero que minha voz seja brutal,
não a quero bela,
não a quero pura.]

Frantz Fanon, "Lettre à un Français", 1956.

1

Santo Agostinho escreveu, nas *Confissões*, que todos nascemos espremidos entre as fezes e a urina. É uma frase bastante citada. E, para a maioria das pessoas, obviamente muito mais do que apenas correta do ponto de vista fisiológico. Mas, limitado como sou, só fui compreender seu significado há relativamente pouco tempo, quando comecei a pesquisar e escrever as notas para este livro. Para começar, essa frase diz muito a respeito de como Agostinho pensava e, sobretudo, de como todos nós, ocidentais, profundamente influenciados, de maneira direta e indireta, por formuladores da doutrina cristã, pensamos. Nascer entre as fezes e a urina é uma das maneiras de se dizer que existe uma separação absoluta entre alma (potencialmente pura) e corpo (fatalmente sujo). E é também uma das muitas maneiras de se reafirmar o pecado original. Mesmo que não sejamos cristãos, ou sequer religiosos, somos marcados por essa dualidade corpo/alma e pela tendência de ver o corpo como agente e receptáculo de tudo o que é impuro. De onde veio isso? Claro que não há uma única fonte, nunca há, mas sem dúvidas, uma das mais importantes é Agostinho e, para ele, isso provém de duas matrizes primordiais: a primeira, o neoplatonismo, com sua idealização do espírito em oposição à matéria; a segunda, o maniqueísmo, a seita fundada pelo filósofo persa

Mani, da qual Agostinho, na juventude, foi discípulo (mas, de cujos seguidores, mais tarde se afastaria). Ainda que desaparecido há muito tempo, o maniqueísmo teve enorme influência no mundo ocidental por cerca de mil e duzentos anos, e seus ecos ainda reverberam em nós.

Eu pensava nessas coisas enquanto lia e fazia as anotações que, quem sabe, um dia se tornarão livro. Mas, se o tal livro vier a se tornar realidade, devo dizer desde já que não terá nascido com Agostinho, nem será sobre ele. Será um livro, como muitos, com mais de uma origem, mas cuja inspiração inicial veio de histórias que meu pai me contava a respeito de um amigo dele, André Giraud, que não cheguei a conhecer. O tempo passou, eu cresci, estudei história, entrei na vida adulta, comecei a trabalhar como jornalista e roteirista, meu pai morreu, mas durante todo esse tempo, Giraud, suas histórias, a imagem que eu construíra dele, foram e voltaram, sem jamais me abandonar, até que, num certo ponto, parece que houve um clique, e me dei conta de que ali havia uma excelente matéria-prima para um livro, ou roteiro, e que em algum momento, mais cedo ou mais tarde, eu precisaria atacar aquele tema e fazer alguma coisa com ele.

Mas o tempo, que eternamente teima em não parar, foi me enredando em demandas urgentes e mais urgentes, uma se enroscando na outra, de modo que o projeto do livro inspirado na vida de André Giraud acabou como uma sempre adiada intenção. Até que, num determinado momento, uma sucessão de acasos praticamente me impôs a tarefa de começar um texto que, por conta disso, passou a ser *também*, mas não apenas, sobre o amigo de meu pai. Texto que, confesso, estou com enorme dificuldade em concluir, uma vez que, como se verá, são muitos os temas interligados, pois cada fio que puxei foi levando a outros, e no fim das contas acabou-se por gerar desdobramentos que foram muito além da (polêmica) persona de André Giraud. Se na minha infância e adolescência ele era uma figura quase mítica em razão das histórias de meu pai, com o tempo Giraud ganhou contornos mais complexos, inclusive com uma condição que não deixa de ser curiosa: uma pessoa que parecia ser essencialmente boa, corajosa e com alguma cultura, conseguiu a proeza de passar a vida toda sempre do lado errado das coisas.

Se os parágrafos acima mais confundem do que esclarecem, peço mais um pouco de paciência a quem chegou até aqui. As páginas adiante tentarão explicar melhor o que pretendo. Por ora, com o intuito de achar um pouco constrangedor convidar o leitor a embarcar, completamente às cegas, num relato com introdução tão confusa, adianto apenas que a sucessão de temas que me levaram a este livro foi mais ou menos a seguinte: meu pai me levou a André Giraud, este me levou à Argélia, à questão dos exilados (tão concreta e determinante para André Giraud, tão atual hoje) e à aviação (e aos crimes) do garimpo na Amazônia. O acaso me levou a duas cidades chamadas Mazagão (uma de cada lado do Atlântico) e também a Sofia, que me levou de volta a Giraud (e à aviação, e aos crimes do garimpo). Minha vida me levou a Pedrão Preto, que acabou por me esclarecer pontos importantes a respeito de Giraud (e da aviação do garimpo) e me ajudou a me reconciliar com a memória de meu pai e, talvez, com Sofia.

Como se pode facilmente concluir, isso já seria muita coisa para tratar num único livro, mas o problema se agravou, para mim, quando Sofia entrou na história, desequilibrando toda a minha vida emocional. Às vezes, diferentemente de Santo Agostinho, eu penso que não apenas nasci entre as fezes e a urina, mas que minha vida, em grande parte, continuou e continua sempre a seguir por ali, espremida, naqueles poucos e úmidos centímetros entre o ânus e a vagina.

Hoje, dia 4 de novembro de 2019, enquanto escrevo estas linhas, minha questão com Sofia permanece por se resolver. E não tenho a menor possibilidade de saber como é que estará no dia em que eu colocar um ponto final nestas anotações que pretendo que cheguem a constituir, um dia, um livro.

Argel, Praça da República

2

Meu relacionamento com meu pai sempre foi complicado. Mesmo em seus últimos meses de vida, durante um verão especialmente quente e abafado em que ele morou (e morreu) na minha casa, com todas as dificuldades, angústias e tensões inevitáveis típicas de um quadro de doença terminal, quando — paradoxalmente — estivemos mais próximos do que jamais estivéramos antes, a relação permaneceu difícil. Ele, que sempre foi uma pessoa complicada, não haveria de mudar, para melhor, é óbvio, estando naquele estado; e, do meu lado, havia muita mágoa acumulada, algo que só a passagem dos anos (um bom tempo após sua morte), conseguiu amenizar e, mais tarde, até eliminar. Por outro lado, devo admitir que naquela época, e mesmo em tempos anteriores à doença, ainda que com todos os problemas, houve bons momentos. Eu amava meu pai, e sei que, mesmo com seu jeito atrapalhado, ele sentia o mesmo por mim. Sim, a verdade é que gostávamos muito um do outro. Mas isso é algo que só consegui admitir, lamentavelmente, quando já era tarde.

Alguns dos bons momentos de nosso convívio aconteciam quando ele contava suas histórias antigas, de quando era criança e adolescente, na Inglaterra (antes da Segunda Guerra), na

Suíça (durante a Guerra), das viagens de bicicleta pela Europa e escaladas de montanhas na Itália (logo depois da Guerra), dos primeiros anos de casado em Ubatuba, de Washington, nos Estados Unidos, dos nazistas que ele conheceu e com quem foi obrigado a conviver quando trabalhou na Volkswagen do Brasil e, que é o que interessa nestas anotações, de sua expedição ao Mato Grosso (na região do atual Mato Grosso do Sul), em 1956, contratado para fazer parte de um projeto destinado a mapear a navegabilidade do rio Pardo. O que se pretendia, naquela viagem, era avaliar a viabilidade de uma hipotética hidrovia entre o rio Paraná e os arredores de Campo Grande.

Foi nessa expedição, de mais de quatrocentos quilômetros por uma região selvagem, que meu pai conheceu e ficou amigo de André Giraud. Nascido na Argélia francesa, veterano das guerras de independência argelina e marroquina, Giraud, naquela expedição no rio Pardo, viria a ser o chefe de meu pai em uma das três equipes que compunham a empreitada. Eles se conheceram em Presidente Epitácio, durante o período de preparação da viagem, quando lidavam com as tarefas de compra de suprimentos, contratação de peões e estudos detalhados dos mapas disponíveis, e ficaram realmente amigos durante os meses seguintes, em que compartilharam os perrengues diurnos e as noites estreladas da expedição.

Giraud era mais velho que meu pai e, veterano de guerra, muito mais experiente em situações críticas. Uma das imagens que construí dele, a partir das histórias que ouvi, era do tenente Descourt, o oficial francês que comanda um posto militar avançado no Saara, no álbum de Tintim *O Caranguejo das Tenazes de Ouro*. Isso porque, nas guerras de independência norte-africanas, Giraud serviu como tenente no 2º regimento dos Spahis do Marrocos. Aquela tropa de cavalaria ligeira (da qual uma derradeira unidade, o 1º regimento, ainda está ativa na França, tendo inclusive lutado há pouco tempo no Iraque, na guerra de Bush) era em boa parte composta por soldados nativos (os oficiais, obviamente, eram todos brancos). Os Spahis usavam uniformes com capas vermelhas que, para alguém da minha geração, só poderiam mesmo ter saído de uma história desenhada por Hergé.

Apesar da diferença de idade e de experiência de vida, a empatia sentida entre meu pai e Giraud foi imediata (e duradoura). Depois da expedição no Mato Grosso, meu pai foi morar primeiro em Ubatuba, depois em São Paulo, enquanto Giraud ficou pipocando de canto em canto, sem se fixar por muito tempo em lugar algum. Nos anos e décadas seguintes, mesmo raramente se encontrando, os dois nunca deixaram de trocar cartas e se falar ao telefone.

E por que essa empatia? Quanto a isso, só posso especular. Meu palpite é que, além de falarem francês (a língua materna de ambos) num país estranho — e, dentro desse país, numa região remota e selvagem —, e daqueles mecanismos inexplicáveis que fazem com que simpatizemos com algumas pessoas, e não com outras, os dois compartilhavam — ainda que com pesos e significados distintos — um forte sentimento de exílio, algo que costuma criar fortes laços de solidariedade entre os que por isso passam.

3

Margem esquerda do rio Branco (acho), 25 de setembro de 1997, 17h.

Acabou de parar a chuva. Não sei como estou vivo, como consegui, bem ou mal, pousar. Tenho muita sorte, sempre tive!

Quer dizer, pouso, propriamente dito, não foi. Foi mais uma queda com algum controle. E aqui estou, com o corpo dolorido e o pé direito machucado, mas vivo. Meu passageiro, coitado, não teve a mesma sorte. Aliás, deu azar mesmo. Um galho atravessou o vidro da frente da carlinga e se enterrou feito uma lança no pescoço dele. Zé Maranhão, meu amigo, meus sentimentos. Você era um sujeito decente, garimpeiro honesto, bom pagador, leal. Violento às vezes, mas nunca injusto. De novo: meus sentimentos.

Deu tudo errado. Assim que decolamos do garimpo com destino a São Félix, o tempo fechou. Uns quinze ou vinte minutos de voo, vinte e cinco no máximo. Eu não via quase nada mais, alinhei o nariz pra baixo, pra tentar seguir o curso do Branco, mas estava difícil. Vento, chuva, o avião balançava, difícil de controlar. E pesado, com o ouro, as ferramentas e uma bomba d'água do Zé Maranhão. Eu falei pra ele que era muito peso, mas ele insistiu, ia pagar bem, a gente que é piloto acaba cedendo. Eu não devia, mas cedi. Eu já estava querendo parar, mesmo. Era pra ser um dos meus últimos voos para o garimpo.

E aí aquele vento, as nuvens baixas, a chuva, a visibilidade péssima. Voei por um bom tempo só no instinto de piloto, não via nada. E aí, de repente, o motor deu uma tossida, e eu voando baixo, pra piorar peguei uma tesoura de vento, a asa adernou para a esquerda, eu não tinha margem de manobra pra retomar altitude, só consegui alinhar um pouco e apontar pra uma praia que, se abrindo na neblina, surgiu à minha frente. E aí foi chão. O avião quicou, soltou um guincho, raspou numa pedra, subiu de novo, voltou a descer, já se enfiando no mato, foi entrando, chacoalhando, até que parou. Na frente e nos lados era só água, galho e folha. Olhei para o lado e lá estava o Zé Maranhão com o galho, que passou pelo vidro da frente, enterrado no pescoço. Coitado. Podia ter sido eu. O resto dele, o corpo, intacto, ainda com o cinto de segurança, nem um arranhão.

Apesar das dores que estou sentindo, consegui tirar do avião o corpo do Zé, e o arrastei até o rio, para o próprio rio levar — jacaré come, piranha come, algum bicho come. Não iria conseguir sepultá-lo, e se deixasse aqui logo ia começar a feder e atrair coisa ruim. Não sou religioso, mas fiz uma oração antes de empurrar o corpo pra dentro da água. O Zé Maranhão era católico. Tinha uma companheira em Belém do Pará. Quando sair daqui, pelo menos o ouro que ele estava levando, eu dou um jeito de entregar pra ela.

Aparentemente, fora as dores no corpo e o pé que está ruim, nenhum ferimento sério. Não tenho barraca, mas improvisei uma com uma lona que tirei do avião. Pelo menos protege da chuva. O rádio já era. Totalmente destruído. Tenho água, um pouco de comida, carne de caça salgada com arroz que me deram no acampamento. E tenho arma, se o pé melhorar acho que consigo caçar. Sobrevivo com o que tenho por alguns dias, uma semana ou mais. Acho que não vão demorar tudo isso pra me encontrar, pois todo mundo sabia que eu ia viajar no visual do rio Branco e depois seguir pelo Feio até São Félix.

Assim que melhorar o tempo, e tiverem certeza que fiquei pelo caminho, eles começam as buscas. Vai dar tudo certo.

A ponte de Constantine, Argélia

4

Aprendi com o tempo que, para quem nunca viveu pessoalmente a experiência do exílio, é impossível compreender, de fato, o impacto que causa em quem passou por ela. A extensão da dor é indescritível. E há a persistência de uma melancolia que parece se mesclar à identidade do exilado, ainda mais se o exílio se torna definitivo, e fica pior, acredito, se o exílio for causado por um evento socialmente aplaudido — como se passou, por exemplo, com exilados das revoluções russa, cubana e também os da guerra de independência argelina. Este último foi o caso de André Giraud, o amigo de meu pai, um argelino de origem francesa (aos quais se dava o nome de *pieds noirs*). Quando isso ocorre (o "evento socialmente aplaudido" ao qual me referi), o exilado, mesmo que pobre e despossuído, não recebe qualquer tipo de solidariedade ou compreensão por parte das pessoas em volta.

Assim como aconteceu com a Revolução Cubana, mais ou menos na mesma época, a guerra de independência argelina era vista com simpatia pela maioria das pessoas razoáveis. Naqueles dias, quase todo o mundo a considerava uma guerra justa, desde o governo norte-americano, em Washington, até a imensa maioria da intelectualidade francesa (com Jean-Paul Sartre e Simone de Beauvoir à frente). Assim, os *pieds noirs*, uma vez expulsos de sua terra natal africana, não podiam contar com praticamente nenhuma solidariedade, nem mesmo da direita francesa, até pouco antes sua maior base de apoio fora da Argélia, que a partir de um determinado ponto passou a considerá-los terroristas (deram não poucos motivos para isso) e, sendo meio franceses e meio africanos, tidos por eles (da direita), como cidadãos de segunda classe.

O fato é que, se havia *pieds noirs* com dinheiro, exportadores, industriais, donos de grandes vinícolas, ou mesmo profissionais liberais de classe média alta, e havia também aqueles instalados em confortáveis posições burocráticas, que por mais de cem anos se aproveitaram do domínio colonial (e da mão de obra nativa barata), a verdade é que a grande maioria dos colonos era composta por pessoas pobres, descendentes de franceses, espanhóis e de outros povos mediterrâneos, que imigraram para a Argélia com o único intuito de sobreviver, e continuaram pobres em seu destino, eles e seus descendentes. Eram operários, motorneiros, motoristas, marinheiros, garçons, professores primários, zeladores, tanoeiros, marceneiros, pequenos agricultores, contadores, farmacêuticos, policiais. Estes viriam a ser — quando a Argélia finalmente conquistou sua independência em 1962, e se tornou uma "república árabe" —, os verdadeiros exilados. Aliás, pensando nisso, me ocorreu que aqui está um dos grandes erros de Marx: ao considerar o capital como nacional (ou nacionalista) e o trabalho como internacional, ele simplesmente inverteu as coisas, pois o trabalho (sem capital) é preso ao lugar onde se mora, ao passo que o capital viaja com enorme facilidade. Enfim, a verdade é que, com um número próximo a um milhão de pessoas, a população de exilados franceses pobres nascidos na Argélia não era, nem de longe, demograficamente desprezível. Isso sem falar nos também exilados judeus argelinos, cerca de 2% da população do país, alguns de famílias que estavam lá desde o Império Romano, e a maior parte descendentes de sefarditas portugueses e espanhóis expulsos da Península Ibérica nos séculos XV e XVI. Nesse caso, os destinos preferenciais dos exilados acabaram sendo a própria França e, também, Israel.

André Giraud pertencia a uma daquelas famílias *pieds noirs* pobres, assim como seu compatriota Albert Camus, a mais célebre voz (mas nem de longe a mais popular) da comunidade franco-argelina, cuja obra passei a reler com outros olhos quando iniciei este projeto. Seria natural que, ao começar a mergulhar nos temas "Giraud" e "Argélia", eu procurasse ler tudo o que pudesse lançar alguma luz sobre eles. Daí voltar a Santo Agostinho (um "argelino" romano) e passar por inúmeros relatos de veteranos de guerra, de exilados e assim por diante. Mas nenhum dos autores que li me instigou tanto (e fez um contraponto tão interessante com André Giraud) do que Albert Camus (e, a estes dois, Frantz Fanon). Não que Giraud e Camus fossem parecidos ou compartilhassem opiniões, muito pelo contrário. Camus, ainda que "homem de ação" na Resistência Francesa durante a guerra, era essencialmente um intelectual. Giraud, ao contrário, ainda que letrado (conhecia Agostinho, conhecia Camus), era essencialmente um cidadão simples, soldado por acaso, e muito longe de ser um intelectual. O que importa é que, com sua obra, Camus me ajudou a entender Giraud. E este, com sua vida, me ajudou a reler Camus.

Embora tenha morrido dois anos antes da independência argelina, Camus viveu intensamente as questões que marcaram os anos finais do domínio francês sobre o norte da África, e que escalaram, nos estertores do processo, em embates cada vez mais radicais. E com "radicais" me refiro tanto ao debate ideológico como ao combate armado propriamente dito. No caso de Camus, a angústia com a situação foi amplamente documentada em seus escritos. Ele amava a Argélia, sofrendo sempre que precisava deixar sua terra natal, mesmo que fosse apenas para atravessar o Mediterrâneo e ir, logo ali, à França. Em suas cartas e ensaios, são inúmeras as referências ao sol e à luz do céu argelino e ao quanto era feliz quando estava naquele país. Quando todos, inclusive seus antigos companheiros de Resistência Francesa contra o nazismo, começaram a dizer (berrar seria um termo mais apropriado) que Camus era um estrangeiro em sua própria terra, um invasor, um colonialista, um imperialista, e que o futuro reservava a ele nada mais do que o embarque em algum navio no porto de Argel, para longe e para sempre de sua terra natal, ele se desesperou. A partir daí, Camus defenderia enfaticamente, em todos os palanques, palcos e megafones que estivessem ao seu alcance, a tese — que se mostraria, no fim das contas, irreal — de que uma Argélia, independente, democrática e laica, deveria ser capaz de abrigar todos os seus filhos, fossem eles árabes, cristãos ou judeus. Longe de ser um intelectual, Giraud leu melhor aquele contexto e, sem enxergar no horizonte qualquer esperança, desistiu. Mas disso falarei mais adiante.

Quanto a Fanon, o contraponto que representa à obra de Camus e à vida de Giraud é absoluto. Negro da Martinica, herói da Segunda Guerra, médico psiquiatra, pensador anticolonial, abandonou tudo para aderir à causa da independência argelina, vindo a tornar-se um de seus mais aguerridos e radicais porta-vozes. Assim como Camus, não viveu para ver o fim do domínio francês sobre a antiga colônia.

Neste ponto devo fazer um aparte, pois a classificação entre "árabes, cristãos e judeus", ainda que amplamente utilizada na época (e em muitos casos, ainda hoje) é, para dizer o mínimo, preconceituosa e imprecisa. De origem medieval, reflete essencialmente o preconceito do "nós" diante dos "outros". Ora, "árabes" eram os originários da Península Arábica, entre os quais havia uma multiplicidade de etnias e culturas (o sul, agrário e mais urbano, era diferente do norte, predominantemente nômade; havia árabes de religião judaica, cristãs — mais de uma —, animistas e, finalmente, após Maomé, islâmicos). Por outro lado, a vertiginosa expansão do islamismo, logo após a Hégira, em 622, não poderia ter ocorrido apenas como uma invasão árabe, pois nem mesmo havia massa demográfica para tanto na Península Arábica. O que houve foi, muito mais, a cooptação e a conversão de outros povos. Os "árabes" só lideraram o processo nos dois primeiros séculos após Maomé, com os califados Omíada (Damasco) e Abássida (Bagdá). A partir daí, a liderança "árabe" esteve, ora mais unida, ora mais fragmentada, sob a condução de mamelucos, persas, curdos, eslavos, mongóis, turcos, otomanos, malaios, malineses e, no que diz respeito ao Marrocos, à Argélia e a Al-Andalus, principalmente magrebinos e berberes. Assim, a grande expansão islâmica acabou sendo muito mais cultural e religiosa (a língua árabe se tornou o "latim" do mundo, era a língua do Alcorão, da alta cultura, da poesia, da diplomacia), do que política, nos moldes, por exemplo, do Império Romano e, menos ainda, étnica. Ou seja, os povos islâmicos na Argélia e no Marrocos não eram, em sua maioria, realmente árabes. Mas, assim como os franceses (entre os quais, Camus) usavam livremente o termo "árabe" para descrever os argelinos nativos de religião islâmica, acabei fazendo o mesmo em minhas anotações.

Com relação ao destino da Argélia em fins de domínio francês, Camus foi um teimoso que, derrotado e até mesmo ridicularizado, na realidade tinha bons e sólidos argumentos, ainda que fossem, naquele momento, irrealizáveis. Mas foi a mesma coisa que, décadas mais tarde, Nelson Mandela defenderia e lograria obter na África do Sul, onde, após o fim do apartheid, os brancos puderam permanecer e conservar seus empregos e propriedades, evitando, assim, o caos (principalmente econômico, mas não apenas) no extremo sul-africano. O êxodo daquele milhão de franco-argelinos acabou por levar embora da capital, investimentos e, principalmente, incontáveis e preciosos médicos, dentistas, professores, engenheiros e muitos outros profissionais qualificados. A Universidade de Argel, então uma das mais importantes do mundo francófono, levaria muito tempo para recuperar sua antiga proeminência.

Mais do que tudo isso, cheguei à conclusão que o pior daquele processo foi que o êxodo de "cristãos" e "judeus" privou a Argélia independente de uma riquíssima diversidade étnica e cultural: em alguns anos, a nova nação se transformaria em uma república islâmica, com os líderes laicos do movimento original acabando por ficar eclipsados. Assim, não sobraram apenas os "árabes", como, entre eles, foram os religiosos mais ortodoxos que prevaleceram. Mas os tempos de Mandela ainda estavam décadas adiante. Naqueles dias de meados dos anos 1950, o anticolonialismo — alimentado pelos ânimos libertários do pós-Segunda Guerra, pelo espírito da Guerra Fria (o lado soviético não alimentava os rebeldes somente com ideias, mas também com treinamento e um generoso suprimento de armas), pelo sucesso da Revolução Cubana e, claro, pela intransigência teimosa e arrogante das antigas potências coloniais —, vinha carregado de um radicalismo que apenas uns poucos sonhadores, como Camus, acreditavam ser possível contornar. O próprio Giraud se deu conta, muito antes de Camus, de que aquela era uma guerra perdida. Com todas as monumentais diferenças entre eles, Camus e Giraud compartilhavam uma profunda identificação com a terra em que nasceram, e verdadeiramente sofriam com a ideia de exílio. Embora os árabes (e o resto do mundo) vissem assim, para eles, ir para a França não era "voltar para casa."

Retornando a meu pai, é óbvio que seu sentimento de exílio não trazia esse componente adicional que fazia parte das vidas de Giraud e de Camus. Meu pai não foi "expulso" da Suíça; ele veio para o Brasil, ainda que sem muita vontade, acompanhando a família de meu avô, cuja editora em Genebra, a *Éditions du Rhone*, estava à beira da falência. Por mais que meu pai já estivesse na faculdade, pintasse e gostasse de viver na Suíça, não quis ficar sozinho. Não houve perseguição política ou religiosa; ele não passou fome, não viveu em campos de refugiados e nem se espremeu em porões de navios. Ainda assim, não tenho a menor dúvida de que toda migração não desejada representa, de alguma maneira, um exílio. Perde-se o contato diário com amigos, com a namorada ou candidatas a namorada, perde-se as esquinas e os bares familiares, perde-se os aromas das ruas, dos bares e dos cafés, as livrarias, as praças, as bancas de jornal, e perde-se até mesmo, conforme o destino, a língua materna. Todo imigrante acaba por ser um eterno estrangeiro. Nesse sentido, Giraud e meu pai viviam a mesma experiência, acentuada pelo fato de que, quando se conheceram em Presidente Epitácio, ambos moravam há pouco tempo no Brasil, com as memórias dos países de origem ainda bem frescas. E, claro, eles mal falavam o português, e ter um companheiro com o qual pudessem se comunicar em francês não poderia deixar de trazer, para ambos, um grande alívio.

E agora, voltando meu olhar para dentro de mim, devo admitir que, de um jeito ou de outro, a questão do exílio rodopia em meus pensamentos desde muito cedo, ainda na infância, certamente nascida por causa do convívio com a figura atormentada de meu pai. Fico até pensando se o seu forte sotaque estrangeiro, o jeito carregado de falar que jamais perdeu, não poderia talvez ser interpretado como uma das marcas que o exílio deixou sobre sua personalidade.

O exílio pode ter muitas faces e, pelo menos desde que temos registros escritos, é um tema recorrente para os seres humanos. Qualquer olhadela nos livros de história nos mostra isso. Para os gregos antigos, o exílio era um dos piores castigos que um julgamento legal podia proporcionar. Povos sendo expulsos de algum lugar por outros povos são abundantes no Velho Testamento. A Europa moderna nasceu sob a sombra de dois exílios de consequências gigantescas. O primeiro foi a expulsão dos judeus da Península Ibérica, que começou no mesmo ano em que Colombo partiu para o Novo Mundo. O segundo, algumas poucas décadas mais tarde, foi a fuga dos protestantes calvinistas (ou huguenotes) para a Alemanha, a Holanda e a Suíça (nesta última incluída a família de meu pai). Essas duas diásporas, recheadas de histórias trágicas, de torturas, de mortes, de assassinatos, cada uma a seu jeito, ajudaram a redesenhar a Europa e o mundo. E, sabemos, essa história de expulsar gente de casa com argumentos ora religiosos, ora étnicos, ora econômicos, ora políticos, não pararia por ali e atravessaria os séculos (e o oceano, como no maior e mais triste de todos os exemplos, o tráfico negreiro da África para as Américas), chegando até a atualidade.

Em situações como a vivida pelos *pieds noirs* argelinos, a justiça da causa dos que vencem e a dor dos que partem não são necessariamente excludentes. Se por um lado a inevitabilidade, a urgência e a justiça relacionadas à criação de uma Argélia independente da França era praticamente um consenso mundial, por outro, é inegável que houve também, no processo, um componente de limpeza étnica. O fato de Giraud, que amava a

Argélia, ter vindo ao Brasil, consequentemente ficando amigo de meu pai, construindo uma vida e uma família aqui, não deixa de ser uma evidência disso.

Uma coisa é quando se lê que milhares de seres humanos foram expulsos de casa, e outra, muito diferente, é quando conhecemos as histórias individuais, os rostos e os nomes. Quando olhamos para as pessoas, vemos que o sentimento de exílio marca não só aqueles que enfrentaram pessoalmente as viagens, como Giraud e meu pai, como também as gerações seguintes. Um sujeito como Pedrão Preto, de quem falarei com mais calma no próximo capítulo, outro eterno desajustado, não seria também alguém marcado pelo exílio a que seus avós ou bisavós foram sujeitos ao serem arrancados da África para serem escravizados? E fico aqui pensando: ainda que numa escala muito menor, de onde é que vêm esses meus sentimentos de deslocado e de não pertencimento, que sinto desde criança e que até hoje não superei? O quanto disso não terei herdado de meu pai?

5

“E era um zumbido constante, sem parar, qualquer um sentia até sono, aquele zuuuuum sempre igual, e lá embaixo aquele mar de árvores, verde, sem fim. Monotonia no céu, monotonia no chão. Só que isso era só aparência, não era assim — pra quem vivia aquilo não era assim. Nada era igual, nada era estável. O nome daquilo era armadilha, perigo, emboscada, sei lá o que era. Porque quem acha que a Amazônia é plana, um tapetão verde sem fim, nunca esteve lá. Tem muita montanha, varia muito. E, além disso, você precisava prestar atenção nos rios, nas curvas dos rios, nos igarapés, porque era assim que se navegava, aqueles eram os pontos de referência com que os pilotos contavam, e quando ia junto a gente ajudava, o mapa estava na cabeça, não tinha essa moleza de GPS, de transponder, mal tinha radar, os instrumentos de navegação eram mínimos, e nem dava, lá em cima, pra ficar consultando mapa, ainda mais quando o cara pilotava sozinho. Era tudo no olho, no faro, na experiência, e quando as nuvens baixavam, aí que era um pesadelo mesmo. E o zumbido do motor? Meu amigo... tinha só um motor, só unzinho, aqueles Cessnas, Pipers, Minuanos, todos... todos não, quase todos eram monomotores, mas também tinham uns bimotores, uns aviões antigos da Segunda Guerra, tipo DC-3, sabe?... mas a maioria era monomotor mesmo, e o que eu sei é que qualquer alteração no som, no zumbido, podia significar um problema mecânico, então a gente aprendia a identificar, o ouvido ficava treinado; o carburador, a bomba de gasolina, o eixo da hélice, e o cagaço, nem te conto, o cagaço que dava se o zumbido mudava, se a gente suspeitava de algum problema mecânico, porque raramente existia alguma alternativa para pouso, era só mata fechada, o tempo todo, só mata fechada, tinha que rezar e tentar chegar, na ida até a pista do garimpo, na volta até a pista de origem, e aí era até pior, mesmo que a pista da volta fosse mais fácil de encontrar, porque a gente voltava pesado, sempre lotado de garimpeiro, ouro, ferramentas, às vezes alguma máquina. E as pistas do garimpo? Aquilo não dá pra descrever, a pessoa precisava ter visto, precisava ter pousado e decolado ali, precisava ter visto os malucos pousando e decolando. Tinham até umas pistas melhorzinhas, é verdade, mas quase todas eram só uns buracos abertos na mata, todas esburacadas, algumas subindo ou descendo morro, algumas começando na subida e depois descendo, outras em curva. Era coisa de louco, sem exagero nenhum, louco mesmo, louco de hospício."

(Trecho do depoimento dado a mim por Pedrão Preto, para a matéria que fiz sobre ele há alguns anos em uma revista com a qual colaborava.)

Pedrão Preto foi uma figura marcante na minha adolescência. Bem mais velho do que todos da minha turma, ele era grande, bom de briga, e fazia o papel de xerife no canto esquerdo da

Praia Grande, onde o surf de Ubatuba havia nascido fazia uns anos, e naquela época já começava a ganhar corpo. Nós, os mais novos, acabávamos abrigados sob as asas generosas de Pedrão, escapando assim de tomar pancada dos surfistas maiores e mal-encarados, que abundavam por ali. Ele era boa gente, estava sempre de bom humor. Foi pioneiro como juiz nos primeiros campeonatos de surf. Ele próprio — com um surf elegante, com aquele estilo de caminhar sobre a prancha e fazer *cut backs* com os pés trocados que se vê nos filmes de surf da Califórnia dos anos 1960 — era, além de tudo, um mestre do longboard.

Até que, sem aviso, Pedrão sumiu. Para mim, de um ponto de vista meramente prático, o desaparecimento dele não teve muita consequência. Eu já não era tão pequeno, já podia me garantir por minha própria conta diante de algum eventual valentão (no mínimo, se fosse o caso de correr, minhas pernas eram bem ligeiras). Mas, antes de mais nada, Pedrão era um amigo, um sujeito muito boa-praça, divertido e, por isso, mais do que por qualquer outro motivo, fez muita falta. Para onde teria ido? Cada um falava uma coisa, os boatos eram criativos e infindáveis. Teve gente que falou em viagem ao Oriente Médio, teve histórias sobre trilhas incas, teve histórias sobre trabalho embarcado em navio cargueiro, outras sobre pesca de caranguejo no Alasca. Até para a Sibéria alguém chegou a dizer que ele foi.

Eu acabaria por descobrir tudo o que aconteceu com Pedrão, o que era verdade e o que era mentira nas histórias que contavam, mas não antes, porém, que uns longos trinta anos se passassem. E o que descobri sobre Pedrão acabaria por desempenhar um papel fundamental no processo que me levaria a estas anotações, feitas para um possível livro. Mas isso seria bem depois. Quando reencontrei Pedrão em Ubatuba, tive uma ideia, convenci o editor da revista de que a vida dele era uma pauta que valia a pena ser desenvolvida, e fiz a entrevista; eu não estava pensando em André Giraud e nas histórias de meu pai, que, aliás, ainda estava vivo e com ótima saúde. Na época eu só me preocupava com a história de Pedrão, e em como ela poderia render uma boa matéria.

O reencontro com Pedrão foi engraçado. Na época, eu ia pouco ao canto esquerdo da Praia Grande, porque apesar daquele pico continuar a ter uma das melhores ondas do Brasil, especialmente quando a ondulação entra de sul, o lugar já estava degradado, com uma massa gigante de turistas mal-educados e um monte de quiosques e de vendedores ambulantes que ofereciam tudo o que há de pior, de queijinhos assados com estafilococos a óculos de sol piratas da pior qualidade, tudo sob o som do pagode tocando alto nos quiosques. Mas sempre tinha aqueles dias em que o mar estava grande e clássico, de maneira que nós nos forçávamos a abstrair o que havia na areia para aproveitar o que acontecia lá fora, no *outside*. Naquele dia, ao fim de uma sessão, depois de pegar a última onda, exausto, decidi ignorar o entorno e tomar uma latinha de cerveja no quiosque que ficava mais perto da saída da praia. E eis que, quando vou fazer o pedido, quem aparece para me atender é o Pedrão. Depois de tantos anos, custei a acreditar que era ele, que também não me reconheceu imediatamente, pois eu, que era um pré-adolescente quando nos vimos pela última vez, havia mudado mais do que ele.

Mas depois do mútuo estranhamento inicial, nos abraçamos forte e demoradamente e, quando nos largamos, nós dois tínhamos lágrimas nos olhos. Pedrão estava trabalhando como garçom no quiosque, aquele era um horário de pico, de modo que mal conseguimos conversar. Mas fiquei de voltar à noite, na hora do fechamento, e então conversamos bastante, e ele começou a me contar tudo pelo que tinha passado desde que saíra de Ubatuba. O que ele falou, segundo guardei na memória, foi mais ou menos o seguinte: "Eu não nasci aqui, eu escolhi viver aqui, mas nunca quis me apegar a lugar algum. Parei em Ubatuba porque estava trabalhando com manutenção de bombas de gasolina para a Petrobrás, me escalaram para esta região, gostei e fui ficando. Mas não me apegava. Um dia, um camarada, que havia ido para o Iraque trabalhar na construção de estradas para o governo do Saddam Hussein, me escreveu dizendo que o lance era irado, que estava ganhando grana, que isso, que aquilo, e decidi ir pra lá. Nem foi pela grana, porque eu nunca liguei muito pra grana. Eu fui pela experiência mesmo."

E eram inúmeras histórias, porque, ao longo dos anos, foram muitos os lugares por onde Pedrão perambulou, muitos os trabalhos que teve, muitas as situações absurdas pelas quais passou, muitas as ocasiões em que quase morreu. Sempre sem se apegar a nada, o tempo todo vivendo o presente e pronto para jogar nos ombros a trouxa de roupas e partir para a próxima. Até que, ao fim de uma dessas etapas, a mais selvagem, a mais maluca, a mais eticamente complicada (porque ligada aos crimes do garimpo amazônico e que me fez lembrar do *Coração das Trevas* de Conrad), que foi quando Pedrão trabalhou como mecânico de aviões, ele achou que seria uma boa ideia voltar para Ubatuba enquanto ainda estava vivo. E ali estávamos nós, naquele começo de noite, olhando para o mar de uma Praia Grande que naquela hora já estava quase complemente vazia, falando da vida, lembrando do passado e, principalmente, conversando a respeito de aviões se estourando sobre as árvores da floresta amazônica, sobrecarregados de douradas e reluzentes miragens, levando passageiros às vezes leais, às vezes não e, quase sempre, um tanto quanto cangaceiros.

6

Numa de nossas últimas conversas, em minha casa, naqueles dias em que a morte já vinha batendo à porta, meu pai voltou a falar de André Giraud. Não sei dizer por que o assunto surgiu, se fui eu que perguntei alguma coisa, se foi ele quem resgatou o tema por conta própria, não me lembro. O que sei é que meu pai me contou, com a voz bem sumida daqueles dias, quase sem fôlego, sussurrante, que já fazia um bom tempo, talvez uma década, que não ouvia falar do velho amigo da expedição ao Mato Grosso. Embora se vissem com pouca frequência, até porque Giraud morou em muitos lugares, e apenas brevemente em São Paulo, cidade que detestava, os dois gostavam muito um do outro e costumavam, com alguma assiduidade, trocar cartas e falar por telefone.

Um belo dia, meu pai relembrou, Giraud ligou do interior do estado (Bragança Paulista, Atibaia, Itatiba?), contando que havia aprendido a pilotar aviões e tirado brevê. Passados alguns meses, meu pai prosseguiu, o amigo telefonou novamente, dessa vez dizendo que estava indo para a Amazônia, para trabalhar como piloto de táxi-aéreo. Finalmente, mais uns meses se passaram e Giraud voltou a ligar, agora de Santarém, no Pará, contando que estava se divertindo e ganhando um bom dinheiro. Disse que estava pilotando para o garimpo, que era tudo uma loucura, uma loucura sem tamanho, mas que estava se sentindo jovem de novo, que a adrenalina o fazia lembrar dos tempos no Mato Grosso e do regimento dos Spahis no Marrocos, que ele estava muito feliz, também porque estava casado e tinha uma filha pequena.

Meu pai me disse que não estranhou nem um pouco nada do que Giraud contou nos telefonemas, afinal o amigo argelino sempre fora meio maluco, maluco de verdade, de gostar de correr riscos reais, não os riscos desses gerentes de marketing que passam o dia num escritório e, à noite, depois de passar pela academia, onde fazem uma escalada na parede, chegam em casa e dizem "nossa, meu amor, hoje foi um dia muito louco". Quando André Giraud falava em adrenalina, meu pai relembrava, tratava-se de adrenalina de verdade. E meu pai ainda pensou, segundo me disse, que o casamento e o nascimento de uma filha bem poderiam ter levado André a baixar o giro, a levar uma vida um pouco mais convencional, mas no fundo, ele sabia que isso nunca aconteceria com o amigo argelino. Apesar disso, acho que meu pai não tinha, naquela época, a exata dimensão do que significava, em termos de riscos, pilotar para o garimpo que, questões éticas à parte, não deveria ser a atividade de alguém que, por mais que gostasse de adrenalina, era pai de uma recém-nascida — e além do mais havia outras opções para se ganhar a vida com dignidade.

Aquela foi a última vez, ele me disse, que se falaram. Depois disso, jamais qualquer notícia nova chegaria a respeito de Giraud. Meu pai contou que ainda tentou contatar o amigo com o endereço e o número de telefone que tinha, mas as cartas voltaram e as chamadas nunca foram atendidas. No começo ele não estranhou, porque André era assim mesmo, estava sempre se mudando, eternamente pulando de galho em galho. Ele se lembrava de que o amigo era casado, mas meu pai nem mesmo sabia o nome da mulher, sem ter certeza se havia se esquecido ou se o amigo, quando contou do casamento, nem sequer teria mencionado os nomes da esposa e da filha. Ainda que, na época, o garimpo amazônico não tivesse a conotação de crime de milicianos e traficantes que ganharia depois, já não era uma atividade, por assim dizer, respeitada. Mas meu pai sabia que questões éticas dessa natureza não cabiam em Giraud, que ele as havia deixado para trás, na Argélia, com a casa de fazenda em que nasceu, com amigos e familiares vivos e mortos e com um número incerto de cadáveres árabes no currículo.

Diante dos riscos que os pilotos do garimpo enfrentavam, meu pai, ainda que sem se dar conta da extensão da coisa, tinha, no íntimo, a certeza de que André Giraud havia morrido, provavelmente num acidente aéreo em algum buraco perdido nos confins da Amazônia. Se Giraud morreu mesmo, meu pai continuou, e se foi assim que morreu, pelo menos morreu feliz. André era pessoa de ação, de correr riscos. Não consigo imaginá-lo, meu pai concluiu, sussurrante, envelhecendo e morrendo, doente, numa cama, do jeito que estou hoje. Uma pena, ele repetia, mas fazer o quê? Como se dizia nos filmes de caubói, ele preferiria morrer atirando, e nessa hora meu pai quase riu. Com André Giraud, ele concluiu, assim é que eram as coisas. Só lamento pela mulher e pela filha.

Pouco tempo depois, meu pai morreu. Muito provavelmente por causa do trabalho que teve durante muitos anos, seus pulmões foram, lenta, mas inexoravelmente, se petrificando. Ele vinha se entupindo de corticoides, que destruíam seu corpo em troca da discutível vantagem de prorrogar um pouco a chegada do fim, mas o fato é que a cada dia ia ficando mais difícil encher e esvaziar os pulmões, ou seja, respirar. O quarto em que ele estava, em minha casa, cheirava mal, cheirava à morte, cortisona e urina. Meu pai, que sempre fora um touro, grande e forte, havia se transformado num fiapo humano. Mal respirava, mal falava. Mas, até mesmo para aumentar a tristeza daquele quadro, a cabeça, o cérebro, o pensamento de meu pai, tudo isso permanecia funcionando perfeitamente bem. Nos últimos dias, nem mesmo as conversas sussurrantes estavam sendo possíveis. Meu pai morreu afogado, afogado no seco. Chegou um ponto em que ele simplesmente não conseguia mais respirar. Foi uma morte penosa, prolongada, um processo emocional doído para mim e, claro, absurdamente cruel para ele.

Naqueles dias eu sentia muita pena de meu pai, mas confesso que ainda não havia conseguido perdoá-lo, e a carga extra de angústia, tristeza e responsabilidade que ele trouxera não ajudavam. Eu não estava exatamente nadando em dinheiro, e a presença dele em minha casa, além de provocar gastos extras, especialmente com os caríssimos remédios que ele tomava, ainda me atrapalhava com o trabalho, e acabei atrasando algumas entregas, o que naturalmente provocava atrasos nos meus recebimentos. E havia o desconforto, eu deslocado de meu quarto, precisando dormir na sala, o calor absurdo daquele verão e mal podendo sair de casa, pois não podia deixar meu pai sozinho por mais do que alguns minutos, o apartamento tomado pelo odor da morte, por equipamentos de suporte à vida, pela dor, pelo sofrimento.

Mas, ainda assim, ainda que não estivéssemos voando em céu de brigadeiro, naqueles dias tristes nós nos aproximamos, estávamos nos aproximando. A verdade é que nunca antes fomos tão próximos como no fim.

7

Vida de freelancer nunca é estável, mas aquela foi uma época em que minha situação estava especialmente complicada. Eu já vinha há algum tempo sem nenhum trabalho decente, minhas reservas financeiras (que nunca foram grandes) já tinham sido consumidas e eu me encontrava, portanto, totalmente sem fundos, com montes de contas atrasadas, água, luz, aluguel, cartão de crédito, afundado no cheque especial, tudo se acumulando. O telefone, quando tocava, e nem precisaria dizer, era para alguma cobrança. Eu contava moedinhas até mesmo para ir à padaria tomar café com pão na chapa. Lembro até da alegria quase infantil que senti, um dia, ao abrir um livro e encontrar, dentro dele, como marcador de página, uma nota de vinte reais que esquecera ali em tempos anteriores de bonança. Nenhum projeto se concretizava, nenhuma proposta dava certo. Sem trabalho e sem perspectivas, eu vivia espremido — não no sentido filosófico agostiniano —, entre as fezes e a urina.

E eis que um dia tocou o telefone, eu quase o deixei ficar tocando por acreditar ser mais um cobrador, mas não resisti, acabei atendendo e, inacreditavelmente, era uma proposta de trabalho. Uma produtora estava preparando um documentário sobre Mazagão, uma cidade do antigo império português que havia atravessado o Atlântico. Sem a princípio entender muita coisa, fui ouvindo. A ideia era contar a história de como a Mazagão original, um antigo enclave português no litoral do Marrocos (conquistado dos mouros em 1486), emigrara, em 1770, em navios da Coroa portuguesa, para uma remota localidade às margens do rio Mutuacá, na foz do Amazonas, no Amapá, atualmente conhecida como Mazagão Velho (porque existe uma cidade ali perto chamada Mazagão Novo).

Além de contar essa história, o documentário previa investigar que vestígios aquele projeto lusitano maluco, aquela insanidade tecnocrática e autocrática, retrato de um império transatlântico cansado e decadente, deixara no entorno amazônico. Na época em que Mazagão atravessou o Atlântico, sob a direção do pretenso iluminismo reformador do Marquês de Pombal, Portugal ainda lutava pelos resquícios da grandeza perdida na época dos descobrimentos, e identificar esses soluços era parte da ideia. Eu nunca tinha ouvido falar em Mazagão, nem na de lá e nem na de cá, mas alguns dias mais tarde, assim que comecei a passar os olhos no material prévio enviado a mim pela produtora, me dei conta da grandiosidade da coisa toda, me vindo à mente, no ato, cenas de *Aguirre, a Cólera dos Deuses*, e de *Fitzcarraldo*, aqueles dois filmes de Werner Herzog, cada um com uma abordagem, mas ambos sobre a amazônica capacidade humana de produzir insensatez.

Os produtores precisavam de um roteirista com experiência como jornalista e com fluência em história do Brasil, e foi por isso que alguém lá de dentro, por acaso, se lembrou do meu nome. Era trabalho para ao menos quatro meses, provavelmente mais, fora a possibilidade, se tudo desse certo, de ser contratado por aquela produtora (que vinha colecionando prêmios e sucessos e estava no auge do prestígio) para projetos futuros. Se eu tinha disponibilidade? Posso pensar, respondi. Aceitaria discutir uma proposta de trabalho? Olha, estou meio ocupado, mas me parece um projeto interessante, de modo que, claro, sim, vamos conversar. Você pode vir amanhã? Hum... deixa eu ver minha agenda... amanhã... hum... só se for à tarde, por volta de 16h, pode ser? Claro, pode sim. Você tem nosso endereço? E blá blá blá... o fato é que fui, continuei me fazendo de difícil, negociei e acabei topando, depois de conseguir melhorar um pouco a proposta inicial, num arranjo que, se não eliminaria definitivamente a perspectiva de um colapso financeiro em minha vida, pelo menos adiaria as desgraças em meio ano.

E foi assim que, com o contrato assinado, pouco mais de uma semana depois, devidamente vacinado contra febre amarela e com uma quase overdose de Malarone no bucho (para tentar evitar a malária), lá estava eu mergulhado num estado de derretimento suarento (provocado pela mais cruel combinação de calor e umidade que eu jamais experimentara na vida), descendo de um táxi e entrando no Centro de Estudos e Pesquisas Arqueológicas (CEPAP), no campus principal da Universidade Federal do Amapá.

Conforme estava previamente combinado entre a equipe da produtora e a universidade, quem deveria ter ido me receber no saguão do edifício modernoso e malcuidado era a professora doutora Cristiana Arruda, a principal responsável do lado amapaense pelas pesquisas em Mazagão (o projeto era compartilhado com o departamento de arqueologia da Universidade Federal de Pernambuco, algo que não foi bem trabalhado e que futuramente eu viria a saber, causaria não poucos problemas políticos/operacionais/emocionais etc.). Mas, por alegados problemas de agenda (a inesperada participação em uma banca de doutorado em Brasília, na qual seria originalmente suplente), a professora Cristiana não apareceu, mandando em seu lugar uma orientanda, que fazia parte da equipe, e que, conforme a professora escreveu no bilhete de desculpas pela ausência, teria todas as condições de me ajudar nas primeiras etapas de minha pesquisa, e que eu não me preocupasse, porque ela (professora Cristiana) e eu nos encontraríamos, pessoalmente, muito breve, no sítio de escavações de Mazagão.

A orientanda que me recebeu, muito simpática, muito amável, se chamava Sofia Giraud.

8

Tem ocasiões em que parece que um determinado lugar, num determinado tempo, concentra e representa tudo o que de importante está acontecendo no mundo. Paris na Revolução Francesa, Moscou na Revolução de Outubro e Cuba na revolução de mesmo nome são os exemplos mais óbvios. Mas a guerra de independência da Argélia, ainda que menos glamourosa que os exemplos anteriores, nem que seja por um único motivo, não fica muito atrás. E esse único motivo é que todo o debate (num sentido amplo, não apenas intelectual) sobre o pós-colonialismo aflorou ali. A Argélia fez Albert Camus parecer reacionário para uns e entreguista para outros, fez Jean-Paul Sartre e Simone de Beauvoir posarem de moderninhos, fez nascer o Frantz Fanon, intelectual ícone das esquerdas terceiro-mundistas. A guerra na Argélia mostrou ao mundo que as potências europeias não tinham legitimidade para manter colônias pelo mundo. E também a guerra na Argélia fez milhares de mortos e um milhão de exilados, entre os quais o nosso André Giraud.

Curiosamente, Camus e Giraud compartilhavam uma boa dose de traços biográficos. Ambos eram argelinos de origem francesa, ambos de famílias pobres (no caso de Camus, no limite da miséria), ambos tratados como colonizadores quando eram muito mais, na realidade, pequenas peças de uma grande engrenagem imperialista que colocou as famílias de seus antepassados em um lugar onde jamais deveriam ter sido colocadas. Mas Camus, com inteligência um tanto quanto acima da média, e beneficiado pela educação inclusiva da Terceira República, evoluiu para se tornar um dos grandes intelectuais da França (e do mundo) de meados do século XX. Ao passo que Giraud, um sujeito comum, ainda que não inculto, seria cuspido por essa engrenagem, para tentar sobreviver às suas dificuldades materiais e emocionais do jeito que pudesse, onde pudesse.

A guerra de independência argelina exilou uma montanha de gente, um número significativo até mesmo para os monumentais números de um século de tantas guerras e genocídios como foi o XX. A maior parte dos exilados foi para o sul da França, mas um número menor acabou se espalhando pelo mundo. E parte do mundo estava, de maneira mais do que improvável, no Mato Grosso, onde Giraud, um daqueles milhões de expelidos, fez sua primeira grande escala. Trazendo todas as suas memórias, suas mágoas e suas loucuras. Claro, muita coisa mudou nos mais de quarenta anos que separavam a expedição de meu pai e de Giraud no Mato Grosso e os dias em que eu, já adulto, trocava ideias com ele sobre esse tema. Em 1956, Camus e Sartre ainda estavam vivos, a Argélia era francesa e a guerra pela independência alcançava o auge da selvageria. Naquela época, a questão colonial estava longe de ser "acadêmica", muito pelo contrário: naqueles dias, era uma realidade cotidiana, concreta, às vezes (literalmente) explosiva e, para todos os envolvidos, extremamente dolorosa. Havia bombas, tiros, tortura, morte e sofrimento por todo lado, com muita gente exibindo, sem constrangimento — especialmente os militares franceses, alguns dos quais veteranos da Indochina —, seus traços mais cruéis.

No campo das ideias, a luta ainda não incluía, de fato, os grandes pensadores do pós-colonialismo, hoje referência obrigatória quando se fala daquele período, como Edward Said, Léopold Senghor e, principalmente, Frantz Fanon (que se tornaria um herói da independência argelina). Embora alguns deles já atuassem, ainda eram jovens e pouco conhecidos pelos intelectuais estabelecidos, inclusive os de esquerda. Mesmo Fanon — que publicara em 1952 o futuramente muito influente *Pele negra, máscaras brancas* e, em 1959, *L'an V de la Révolution Algérienne*, menos conhecido, no qual relatava suas experiências e sua visão sobre o conflito —, ainda era pouco lido na França. A grande batalha cultural referente à Argélia, naquele momento, era de fato travada entre Sartre e Camus. Mas as verdadeiras consequências eram sentidas, de um lado pelos árabes que levavam tiros e eram torturados, e de outro pelos *pieds noirs* que, como André Giraud, tinham alguma dificuldade de compreender realmente o que estava acontecendo, e logo mais estariam tentando reconstruir suas vidas em outros países.

As conversas com meu pai me proporcionaram, por assim dizer, um alicerce para entender essas questões, embora ele nem de longe as abordasse com a complexidade que merecem. Seria muito mais tarde, pesquisando sobre Mazagão, lendo uma considerável bibliografia e, mais do que tudo, ouvindo Sofia (e lendo o que ela me mandava ler), que um quadro mais completo começou a se desenhar em minha mente. No fim, mais do que ficar julgando um lado ou outro. Não que não houvesse pecados, e não foram poucos, de lado a lado (embora não haja como não atribuir aos pecados do invasor um peso maior). O que me comoveu mesmo, no balanço final, foi a dimensão da tragédia, foi a extensão da tristeza.

Philippeville, Argélia

9

Simpatizei com Sofia logo na primeira vez em que a vi, ali no saguão do prédio onde fica o Centro de Estudos de Arqueologia da UFAP, em Macapá. Mas, ainda que histórias de amor à primeira vista possam funcionar em obras de ficção, devo confessar que nada disso aconteceu naquele momento. Antes de mais nada, eu não estava predisposto (muito menos tinha condições financeiras) para embarcar em qualquer aventura romântica. Além disso, achei Sofia uma pessoa agradável, charmosa, razoavelmente bonita, mas não houve nenhuma eletricidade, nada naquele encontro inicial que tenha feito meu coração bater mais rápido.

Mas então, quando ela falou o nome, um arrepio atravessou minha espinha de alto a baixo, como um raio. Fiquei totalmente sem jeito e quase sem ar: com aquele sobrenome, vivendo na região norte, ela com certeza era parente, e possivelmente, fazendo um rápido cálculo mental de faixa etária, bem podia ser "a" filha do amigo de meu pai, André Giraud. Apenas pensei, mas, na hora, não tive coragem de perguntar. Com certeza, porém, eu fiz cara de susto, porque assim que nos apresentamos ela riu e perguntou se eu tinha visto um fantasma. Quase isso, pensei, mas, de novo, não falei nada. Eu só disse que não, imagine, que estava cansado depois da viagem muito longa, que o voo havia sido horrível, com uma escala sem fim em Brasília, e aquele calor abafado de Macapá não ajudava, mas que estava tudo bem. Sofia tampouco pareceu estar muito preocupada em questionar minha explicação. Ela estava apenas vivendo o papel de uma arqueóloga-assistente que, ajudando na divulgação do projeto no qual trabalhava em Mazagão Velho, recebera da chefe a incumbência de pajear, por alguns dias, um roteirista paulista cujo filme poderia ser útil na divulgação da pesquisa que elas vinham levando a cabo por lá. De qualquer maneira, o arrepio que senti naquele momento nada teve a ver com amor à primeira vista.

Relembrando o dia em que conheci Sofia, fico pensando que isso de beleza física é um fenômeno interessante. Tem gente que numa primeira olhada parece muito bonita, mas que cinco minutos de conversa fazem dissolver a impressão inicial; e há aquelas pessoas que não chamam a atenção fisicamente quando as conhecemos, mas que, à medida que o contato se aprofunda, passam a parecer cada vez mais belas e sedutoras. É uma mistura de magnetismo, inteligência, charme, graça, cultura, amor, sei lá o que mais. E foi exatamente isso o que aconteceu na minha "experiência" com Sofia, uma mulher que foi ficando mais bonita para mim, a cada dia de nosso convívio.

Seguindo pela linha do acaso das coisas, fico pensando que há combinações genéticas que não dão extremamente certo, outras que dão. Sofia, (eu soube depois) a filha de André Giraud com Madalena Dias, das que deu muito certo. Um francês *pied noir* da Argélia e uma goiana de origens familiares mineiras, paulistas e paraibanas. Como resultado, aquela mulher fantástica. Uma arqueóloga instigante que, quanto mais eu conhecia, mais me atraía. Não muito alta, com certeza não mais do que um metro e sessenta e pouco. Olhos castanhos-esverdeados muito vivos, expressivos, ligeiros, pele clara/escura, cabelos castanhos queimados de sol, lisos, escorrendo sobre os ombros, a facilidade para sorrir, um sorriso que iluminava o rosto inteiro, iluminava tudo o que estava em volta. Sofia Giraud. Sofia Giraud. Sofia Giraud. Falar o nome obrigava a boca a começar e terminar fazendo um biquinho circular, um "ô", algo que evidentemente acontecia quando ela mesma falava o próprio nome, a cena mais deliciosa do mundo.

Passado o estupor inicial daquele momento atrapalhado em que nos apresentamos, Sofia perguntou se eu queria ir ao banheiro, para lavar o rosto, as mãos, etc., e disse que, em seguida, iríamos para uma das salas de aula do térreo mesmo, que estava vazia naquele momento, onde ela me faria uma rápida introdução ao tema e responderia às dúvidas iniciais que eu seguramente teria. Fizemos assim, e lavar o rosto naquela ocasião foi a melhor coisa que eu podia ter feito, foi quase um banho, tamanha a enxurrada de água (apesar da bem pouco generosa vazão da torneira) que eu lançava sobre o rosto, em busca de recuperar, mais do que um refresco físico, minha compostura e meu equilíbrio, o que me permitiu parar de pensar um pouco naquela questão essencial, se Sofia era ou não "a filha perdida" de André Giraud.

E então começaram as aulas. E "aulas" é a palavra exata, pois foi naquela sala — de grandes e sujas janelas de vidro temperado, com vista para um gramado malcuidado, quase um capinzal entremeado por algumas poucas árvores (aquilo era Amazônia?), com nós dois sentados, um em frente ao outro, cada um em uma carteira escolar —, que eu comecei a aprender com Sofia, uma das pessoas que, seguramente, mais me ensinaram em toda a vida. E não estou sendo metafórico, falando que "ensinou" no sentido de sabedorias vagas, intangíveis ou esotéricas, como o que dizemos quando nos referimos ao que aprendemos com um velho instrutor de ioga que passou por muita coisa na vida; estou falando disso também, mas principalmente de conteúdo, de fatos, de teorias acadêmicas, de indicações de leitura. Sofia lia e estudava muito, e parece que havia alguma coisa em seu cérebro que facilitava que conteúdos fossem facilmente gravados e relacionados. Não havia conhecimentos estanques, separados por áreas, não havia preconceitos: fluida e lindamente multidisciplinar, ela trafegava com desenvoltura entre história, arqueologia, biologia, geografia, literatura e assim por diante. Em alguns dos temas eu possuía mais repertório e podia questionar e, por vezes, contestá-la; mas, em outros, eu era só um aprendiz mesmo.

É óbvio que, num primeiro momento, o que mais aprendi com Sofia foi sobre Mazagão. Primeiro ela me perguntou o que eu sabia sobre o tema. Respondi. Ela falou oquei, vejo que você já fez a lição de casa, mas vamos lá, vamos começar pelo começo. Aí ela me falou das guerras de D. Afonso Henriques e dos traços belicosos da história portuguesa desde os primórdios, da

Reconquista na Península Ibérica, dos portugueses tomando o Algarve dos árabes e, finalmente, dos motivos que os levaram a continuar a guerra, atravessando o mar em direção ao norte da África. De cara, eu, que na faculdade passei praticamente batido pela história do Brasil antes de 1500, ou seja, sobre a história de Portugal, aprendi que aquele país é um dos estados modernos europeus cujas fronteiras atuais foram estabelecidas há mais tempo, para ser exato já em 1249.

Em seguida ela contou das batalhas, das vitórias e das derrotas portuguesas contra os muçulmanos no Marrocos, de como Mazagão foi ocupada, fortificada e defendida, de como aquilo tudo estava pavimentando o caminho para o contorno da África rumo às Índias, de como, enfim, uma ideia antiga, a das Cruzadas, estava se mesclando a uma ideia nova, a da expansão comercial, de como a cristandade intolerante e a flexibilidade burguesa mesclavam-se naquele processo, como se Dom Quixote, nos intervalos entre ataques a moinhos de vento, montasse uma banquinha de artesanato para vender, aos passantes, peças de miniaturas de moinhos. Em seguida, Sofia falou sobre a decadência do império colonial português e a tentativa, durante o reinado de Dom José I, sob a administração de Pombal, de racionalizar a administração e os gastos, donde a decisão de abandonar a então inútil e cada vez mais dispendiosa praça-forte de Mazagão, e da ideia de trasladar a cidade marroquina (ou pelo menos seus habitantes), para a Amazônia, onde eles prosseguiriam em seu destino de proteger as fronteiras do império contra invasores reais ou imaginários.

A tarde já ia caindo quando Sofia começou a falar do processo de abandono da Mazagão marroquina e da longa viagem dos mazaganenses para o Brasil, mas, então, notando a exaustão em meu rosto, me perguntou se não era melhor interrompermos. Você vai para o hotel, toma um bom banho, relaxa, janta, digere tudo isso que eu te contei e amanhã continuamos. Não é melhor? Vou pedir para a secretária do departamento chamar um táxi, tem um ponto aqui dentro do campus, ele vai chegar num instante. Você descansa, dorme sob um bom ar-condicionado — item de primeira necessidade em Macapá — e amanhã, vamos ver, deixa eu ver aqui... você pode estar de volta amanhã por volta de nove horas? Não tive a agilidade necessária para contestar a ligeiríssima sequência de frases de Sofia me mandando descansar; a verdade é que eu estava realmente cansado, e foi bom ter interrompido naquele ponto, ter ido para o hotel, parado um pouco.

Segui os conselhos de minha mentora e, assim que fiz o check-in e entrei no quarto, tomei um demoradíssimo banho. Na sequência, ainda enrolado na toalha, abri uma cerveja do frigobar (ah, como era bom viajar com as despesas pagas pela produtora), me sentei numa cadeira na varanda do apartamento e fiquei por um bom tempo ali sossegado, sem fazer nada, apenas olhando para a noite de Macapá, uma cidade supreendentemente horizontal para uma capital brasileira (o hotel onde eu estava era um dos poucos edifícios de mais de dez andares). No primeiro plano, a uns quinhentos metros de distância, se impunha o antigo forte de São José, todo iluminado e, logo adiante, o rio Amazonas, com as luzes dos barcos indo e vindo no horizonte. Depois de algum tempo, abri uma segunda cerveja e fui me deixando ficar ali, relaxado, pensando em tudo o que havia acontecido naquele dia, desde a saída de casa, em São Paulo, de manhã, até ter conhecido, há pouco, a intrigante e possivelmente — pois até aquele ponto eu podia apenas supor — filha de André Giraud.

O que meu pai teria achado disso? Ah, que falta ele fazia naquele momento, em que eu bem podia ter pegado o telefone e ligado para ele, contado sobre tudo o que tinha acontecido naquele dia e falado sobre Sofia. Sorrindo sozinho, imaginei que ele teria simplesmente exigido que eu perguntasse a ela, no primeiro instante em que a reencontrasse, sobre o suposto parentesco com André Giraud e, claro, se ela sabia o que havia acontecido com o amigo com quem meu pai perdera contato havia anos.

Permaneci ali, fruindo a paisagem da noite de Macapá, na varanda de meu quarto, até não aguentar mais de sono. Acho que o pequeno estoque de cervejas do frigobar me fez bem, o ar-condicionado me fez bem, a ausência momentânea de preocupação com contas e cobradores me fez bem, a lembrança da voz e do rosto de Sofia me fez bem, assim dormi feito uma pedra, como há muito tempo não acontecia. No dia seguinte acordei cedo, descansado e, só para sentir um pouco a cidade — que mal pude ver na véspera —, dei uma volta a pé pelos arredores do hotel. Meu destino era o píer da Pedra do Guindaste, mas não pude, porém, entrar no trapiche, pois naquela hora da manhã ele estava devidamente trancado com corrente e cadeado (eu viria a conhecer o lugar, alguns dias depois, com Sofia). Ao fim de mais ou menos quarenta minutos de caminhada, voltei para o hotel, subi ao apartamento, tomei um banho rápido, voltei a descer por volta de sete e meia para tomar o café da manhã, voltei para o quarto, fiz as coisas que precisava fazer, chequei os e-mails da véspera, tomei outro banho e, às dez para nove, já estava descendo do táxi na porta do prédio do CEPAP onde, em poucos minutos, reencontraria minha mentora.

Teríamos um longo dia pela frente, no qual Sofia continuaria a me relatar a epopeia transatlântica mazaganense, me mostraria fotografias e documentos, me explicaria a composição das equipes de campo e, "em off", me introduziria à problemática parceria entre as universidades do Amapá e de Pernambuco ("aqueles pernambucanos, ah, vou te dizer, tem uns sujeitos legais, competentes, mas tem também um bando de metidos a besta, uns caras que acham que nossa universidade aqui não é nada, que eles é que são bons, enfim, tem uns caras insuportáveis, você vai ver quando estivermos lá..."). Ela também me poria a par do estado em que se encontravam os trabalhos de escavação no sítio arqueológico do rio Mutuacá, o que já havia sido descoberto, o que ainda esperavam descobrir, enfim, me disse que faria de tudo para que, quando fôssemos para o campo, eu já tivesse me transformado num quase especialista em história e arqueologia de Mazagão (como não poderia deixar de ser, pois assim é o mundo, em disputas e politicagens entre pesquisadores de diferentes universidades).

E foi o que aconteceu. Sofia, além de saber muito, era excelente professora. Falarei mais, no próximo capítulo, sobre esses atributos dela. Aqui, gostaria apenas de registrar que aquele foi um dia longo e cansativo, mas, ao mesmo tempo, produtivo e prazeroso. Exceto por eventuais idas ao banheiro, praticamente não paramos, com as "aulas" jorrando, mesmo quando combinávamos de fazer intervalos para um café ou para aquele suco de uva aguado — e inesquecivelmente ruim — servido em uma jarra de plástico, acompanhado de bolachinhas de manteiga de aparência suspeita — igualmente ruins — que, de maneira inexplicável, outros professores e funcionários do CEPAP consumiam com enorme prazer.

As "aulas" ao longo daquele dia foram tão intensas que, mesmo que eu não tivesse me livrado de minha curiosidade — e tampouco me esquecido da cobrança imaginária de meu pai — e houvesse buscado, sempre, alguma oportunidade durante os intervalos para café e suco com bolacha, não consegui encontrar uma brecha para encaixar a pergunta mais importante de todas, aquela sobre uma possível relação de parentesco dela com André Giraud. E ainda passariam uns bons dias antes que a oportunidade surgisse.

Argel, vista da Kasbah

10

Sofia era (é), de fato, uma excelente professora. Antes de mais nada, ela tinha uma coisa engraçada, que é um jeito de nunca contar, simplesmente, uma história. Uma história simples, na qual começo, meio e fim tangíveis, não ultrapassem, por assim dizer, uma meia-horinha. Não, nada disso. Ela precisava contextualizar, buscar as raízes, as causas longínquas. Situava a bibliografia e as diferentes visões, embrenhava-se pelos debates acadêmicos e motivos pelos quais essas diferentes visões haviam se formado ao longo do tempo, mas fazia tudo isso de um jeito divertido, contando as versões absurdas e as anedotas (tanto dos fatos quanto dos estudiosos). E não, como seria possível imaginar, de uma maneira petulante ou enfadonha, muito pelo contrário. Eu ficava imaginando que, quando dava aulas, ela devia passar o semestre inteiro sem sair da introdução ao curso. Comecei a descobrir esse traço de Sofia já no primeiro dia, e na segunda sessão, quando ela passou a se aprofundar na história da Mazagão marroquina, isso foi ficando cada vez mais evidente.

A história toda começou (segundo a versão contada por Sofia), na época da conquista da Península Ibérica pelos árabes, em 711, embora por essa parte ela tenha passado até que rapidamente. O relato começou a ficar mais detalhado mesmo quando ela entrou na época em que se formou o Condado Portucalense, embrião do futuro estado português, isso no ano de 863 ou, fazendo as contas, 623 anos antes dos portugueses conquistarem a baía no Marrocos, onde ergueriam, nos anos seguintes, a praça-forte de Mazagão. Não se trata de um intervalo de tempo desprezível. E ela fez aqueles 623 anos renderem não poucas explicações, com batalhas vencidas e perdidas, reis poderosos e reis destronados, fronteiras ora expandidas, ora recuadas. Dou um exemplo concreto: o que teria a ver com o tema de meu projeto saber a história do castelo de Penela? Localizado no meio de Portugal, na estrada que vai da cidade de Tomar para o norte, esse pequeno castelo, que fazia parte de uma linha defensiva que protegia Coimbra, num certo ponto da história a mais importante cidade cristã ao sul do reino. Só que Penela tem uma existência absolutamente periférica no quadro geral da história da Reconquista e de Portugal, e nem mesmo faz parte dos roteiros turísticos do país. Enfim, conto a seguir a história como Sofia me contou, tentando ser o mais fiel possível aos detalhes. O lugar, segundo as pesquisas arqueológicas, era bastante antigo. Os primeiros registros informavam ter havido ali um castro lusitano (castro é aldeia construída com pedras, e lusitanos eram povos neolíticos que viviam na região) e que os romanos o teriam utilizado, depois de derrotarem os habitantes originais, para construir uma fortificação, por volta do ano 30 a.C. Mais tarde, quando os Vândalos invadiram Portugal, modificaram e ampliaram a fortificação romana, deixando-a com as feições próximas às do atual castelo, exceto por posteriores reforços em torres e muralhas efetuadas pelos mouros, quando estes conquistaram a região (e o castelo) no século VIII. E, finalmente, durante as guerras de reconquista, o castelo de Penela foi tomado em 1064 pelos exércitos do rei Fernando I de Leão e entregue ao conde Sisnando Davides, de origem moçárabe e que, por sua familiaridade com a cultura e a língua árabe, conseguiu manter relativa paz, e relações comerciais, com os vizinhos mouros ao sul.

O curioso naquele caso, Sofia me contou, caprichando nas técnicas de suspense, é que, mesmo completamente cercado pelos soldados de Fernando I, o castelo era sólido o bastante para poder resistir ao assédio por um longo período, dando tempo, talvez, para que os mouros enviassem reforços, desde o sul, para reverter a sorte da batalha. Foi então que um cavaleiro português, que vinha há tempos namorando a filha do vizir, conseguiu entrar no castelo sob o pretexto de encontrar a moça para com ela se casar (e confidenciar ao interesseiro e desesperado sogro os pontos fracos das tropas cristãs). Uma vez lá dentro, o cavaleiro esperou até o momento previamente combinado com seus camaradas e, levando a termo o que foi uma espécie de operação cavalo de troia, abriu por dentro os portões, para que os invasores entrassem, surpreendendo e derrotando os mouros. E foi por isso que, segundo Sofia, repetindo a lenda, o castelo teria recebido o nome de Penela, pois foi um “pé nela” que se aplicou à princesa moura, traída no amor e na guerra.

Por que Sofia me contou a história do castelo de Penela? Em parte, como ela justificou depois, para mostrar que a suposta rivalidade inconciliável entre cristãos e muçulmanos, durante o longo período das guerras de reconquista, não era tão inconciliável assim, pois havia espaço para que uma princesa moura e um cavaleiro lusitano se conhecessem, namorassem e planejassem (ou pelo menos ela planejasse) se casar. Por outro lado, acho que a técnica de ensino dela não abria mão de fazer uso de exemplos curiosos, de preferência casos obscuros que pouca gente conhecia. A verdade é que Sofia não precisava de *power point* para dar uma aula ilustrada. E isso era uma delícia.

Além disso, o que me impressionou mesmo naquele caso não foi a história do castelo de Penela em si, e sim o fato de Sofia conhecê-la, ou, melhor, conhecer aquela versão. Para reforçar o absurdo, cabe dizer que a atual vila de Penela, um distrito de Coimbra, conta com menos de 6 mil habitantes (menos da metade do que tinha em 1911, quando, segundo o censo, viveu seu auge) e, como eu escrevi antes, está totalmente fora de qualquer roteiro turístico português. Pesquisei depois em livros, no Google e na Wikipedia, e em nenhum lugar encontrei referências à história do "Cavaleiro de Troia português" que entrou sorrateiramente no castelo, ajudando a tomá-lo dos mouros, e ao que aconteceu com a triste, apaixonada — e quase certamente fictícia princesa moura, dando origem ao nome Penela. Ah, sim, apenas para constar: a palavra "penela", segundo a Wikipedia, é um diminutivo de "peña," "pena" ou "penha", que significava, em baixo latim, "cabeço, monte ou rochedo." Ou seja, não tem nada a ver com a lenda que Sofia me contou a respeito da origem do nome do castelo. Lenda, a qual, eu às vezes fico elucubrando, se Sofia simplesmente não inventou, apenas para se divertir às minhas custas e/ou para provar um ponto. Enfim, assim era a culta (e muito divertida) Sofia a quem eu comecei, em Macapá, a amar.

Voltando ao eixo central da história, conto a seguir mais ou menos o que Sofia me relatou a respeito da história portuguesa e de Mazagão. Alguma coisa disso tudo eu já sabia, é claro, em função do material que o pessoal da produtora havia me passado em São Paulo, e outras coisas eu aprenderia, mais tarde, por minha própria conta, em minhas leituras. Mas o essencial mesmo, quem me ensinou foi Sofia, e eu reproduzo a seguir:

O Condado Portucalense, que, a partir de 1139, ficaria independente, se tornando o reino de Portugal, nasceu e cresceu em permanente estado de guerra, o tempo todo lutando contra algum vizinho. Para o sul, contra os árabes, ora aliados, ora inimigos. Para o oeste, contra os diversos reinos ibéricos cristãos, também ora aliados, ora inimigos, como Leão, Galícia, Castela e, muito mais tarde, com a união deles todos após a unificação espanhola. No oeste, as guerras foram, antes de mais nada, de sobrevivência, pois em inúmeras ocasiões os vizinhos tentaram anexar Portugal (olhando a história toda, é mesmo um milagre que este pequeno país tenha se mantido independente, enquanto todos os outros reinos ibéricos, inicialmente de dimensões e força semelhantes ou até superiores, tenham sido incorporados ao que é hoje a Espanha). No sul, por outro lado, as guerras foram de expansão. Embora tenha havido idas e vindas (Coimbra, por exemplo, que por muito tempo ficou perto da linha fronteiriça, mudou de mãos repetidas vezes), longos períodos de paz e mesmo eventuais alianças com árabes contra inimigos cristãos em comum, no longo prazo os portugueses foram, gradativamente, tomando as terras dos mouros. Lisboa foi conquistada definitivamente em 1147. E o Algarve, no extremo sul, um século depois, em 1249.

A partir desse momento, todo o território do atual país passou a fazer parte do reino de Portugal. Não era, porém, uma situação que pudesse se mostrar aos portugueses como estando definitivamente assegurada, pois os mouros do norte da África ainda eram muito fortes e seguiam realizando ataques relâmpagos às cidades litorâneas, principalmente, mas não apenas, no Algarve. Além disso, na vizinha Espanha, o reino árabe de Granada só foi cair em mãos cristãs em 1492. E mais importante, se é verdade que o mundo islâmico recuava lentamente no Oeste, no Levante ele estava longe de se mostrar decadente, bastando para isso lembrar que Constantinopla viria a ser conquistada pelos turcos em 1453, os mesmos turcos que, em 1529, cercaram e por muito pouco não tomaram Viena, enquanto faziam planos para a conquista de Roma. Assim, naqueles anos, o medo diante da possibilidade de uma nova invasão árabe, de um novo desembarque em massa, não era nem um pouco infundado. De um jeito ou de outro, porém, pouco a pouco o domínio cristão acabaria por se consolidar no sul português.

Ao longo dessas centenas de anos de Cruzadas (pois a luta contra os mouros, na Península Ibérica, recebeu do Vaticano o mesmo status da luta de quem ia para o Levante guerrear contra os árabes para retomar Jerusalém), formou-se uma casta de cavaleiros-fidalgos, composta pelos filhos mais novos dos nobres, aqueles que herdavam o prestígio, mas não as propriedades, e que, portanto, tinham na luta contra os muçulmanos uma oportunidade tanto de enriquecer com eventuais butins quanto de receber, do rei, terras nos territórios conquistados. Alguns fidalgos pertenciam a ordens religiosas como a dos Templários (cuja suntuosa sede era em Tomar — não muito longe, aliás, do nosso pequeno castelo de Penela), e a que a sucedeu em Portugal quando estes foram banidos, a Ordem de Cristo; mas a maior parte dos cavaleiros-fidalgos era composta por jovens nobres independentes desprovidos de herança, portanto com reduzidas perspectivas futuras. Quando as praias do Algarve foram ocupadas e os mouros empurrados para a África, essa casta ficou sem ter para onde dirigir seus olhos gulosos por glória e fortuna. Mas, claro, havia uma solução, que era o fato de continuar a existir, do outro lado do mar, logo ali no Marrocos, mais infiéis a combater. E foi assim que, bem antes que as navegações atlânticas oferecessem uma outra (e mais ambiciosa) resposta ao problema dos nobres destituídos de fortuna, a monarquia portuguesa armou navios, cavaleiros, cavalos e escudeiros e foi fazer guerras no litoral norte-africano.

E, no Marrocos, não poucas batalhas seriam travadas, territórios conquistados, perdidos, retomados... Fortes foram construídos, às vezes de madeira, depois ampliados para fortalezas com grandes muralhas de pedra, algumas praticamente inexpugnáveis. A lista de fortificações erguidas pelos portugueses no Marrocos é considerável. Seguindo do Mediterrâneo para o Atlântico: Ceuta (1415), Alcácer-Quibir (1458), Tanger (1471),

Arzila (1571), Graciosa (1489), São João de Mamora (1515), Casablanca (1515), Azamor (1513), Mazagão (1513), Safi (1508), Aguz (1506), Mogador (1505), Santa Cruz do Cabo de Gué, também conhecida como Agadir (1505), e Massat (1497).

E viria a ser numa das etapas dessa sanha cruzadista norte-africana que a combinação de imprudência com imperícia militar do rei D. Sebastião o levaria a ser morto sem deixar herdeiros, na batalha de Alcácer-Quibir, em 1578, provocando, por razões dinásticas, a perda, dois anos depois, da tão duramente conquistada independência de Portugal, para a Espanha.

Em muitos casos, os fortes eram construídos aos pares, a aproximadamente um dia de navegação entre eles, a fim de facilitar o socorro mútuo em caso de ataque. É o caso, por exemplo, de Mazagão e de sua "vizinha" Azamor (que, no entanto, viria a ser retomada pelos marroquinos já em 1541). Além de Azamor, algumas outras praças-fortes viriam a ter vida bastante curta, como foi o caso de Mogador, que em 1510, ou seja, apenas cinco anos após a conquista, foi retomada pelos mouros.

Além de servir para dar vazão ao sentimento cruzadista português e de ocupação para jovens cavaleiros, as fortalezas portuguesas no Marrocos logo ganhariam um novo sentido para existir, que era o de servir de apoio para as caravelas que começavam a descer a costa africana em direção à Costa do Ouro e, pouco tempo depois, às Índias. De todas as fortificações, apenas Ceuta ficava do lado de lá do estreito de Gibraltar, ou seja, no Mediterrâneo, e mesmo assim logo na entrada, de modo que as fortalezas eram pontos de reabastecimento e reparos para as pequenas caravelas do início da era das navegações. Agadir, por exemplo, ficava a cerca de 600 quilômetros, em linha reta no mapa, do extremo sul de Portugal, e a uma distância real bem maior, talvez mais que o dobro, se levarmos em conta que as caravelas, dependentes do regime dos ventos, não navegavam em linha reta.

De certa maneira, a mais longeva das possessões portuguesas no norte da África é Ceuta. Porque, embora cedida à Espanha como parte do acordo, quando Portugal recobrou a independência, em 1640, ela ainda está lá, continuando a ser, em nossos dias, um enclave europeu na costa do Marrocos. Mas, de um ponto de vista estritamente português, a mais duradoura das praças-fortes no norte africano foi Mazagão, que permaneceu lusitana até 1769, quando teve início o processo de recriá-la do lado de lá do Atlântico.

Mesmo depois da saída de Portugal, porém, Mazagão não voltaria a ser marroquina em definitivo: entre 1902 e 1956, durante a ocupação europeia do Marrocos, a antiga praça-forte pertenceria à França (e diferente da Argélia — oficialmente uma colônia —, o Marrocos era cinicamente classificado como protetorado, com a tal "proteção" compartilhada entre França e Espanha). Sob controle francês, as grossas muralhas de pedra da cidadela de Mazagão já não teriam, então, qualquer função militar ou estratégica. A antiga cidadela portuguesa passaria a ser foco de estudos arqueológicos franco-lusitanos e, além disso, restaurada, com uma bela praia ao lado, um destino turístico disputado por europeus em visita à região, além de soldados franceses em dias de folga. Foi assim que o argelino André Giraud, servindo nas tropas coloniais em Casablanca, no Marrocos, conheceu Mazagão, e foram as histórias que contava para Sofia, sobre o lugar, que despertaram na filha a curiosidade, jamais superada, a respeito daquela cidade. Mas essa parte da história eu só viria a conhecer bem depois.

Sofia, apesar de falar muito, de sorrir muito, de todo o charme, era, na realidade, bastante reservada. Ela sabia que eu estava sozinho em Macapá, que não conhecia ninguém ali além dela, que só pegaríamos a voadeira para o sítio arqueológico dali a quatro dias, e mesmo assim, embora eu esperasse a cada fim de tarde, quando terminávamos nossas aulas, ela não me convidava para ir à casa dela, para irmos a um bar, para jantarmos, nada. Era muito simpática e atenciosa, mas esse traço estava restrito, por assim dizer, ao horário comercial. Eu permanecia sem saber nada sobre a vida dela, se era casada, solteira, se tinha namorado ou namorada, se morava sozinha, se tinha cachorro ou gato, o que gostava de fazer nas horas vagas, que músicas ouvia. Nem mesmo para questioná-la a respeito de André Giraud eu me senti confortável. E olhe que almoçávamos juntos, todos os dias, no bandejão da faculdade. Uma ou outra vez ela pedia licença "porque preciso ir ao banco", ou "resolver umas questões na reitoria", e me deixava lendo parte da bibliografia que eu "precisava conhecer". A terceira tarde em Macapá foi a única em que a ausência de Sofia foi mais prolongada (praticamente a tarde toda), mas aproveitei para ler a *História Trágico-Marítima*, de Bernardo Gomes de Brito, uma compilação publicada em 1735, que contava as histórias de uma série de naufrágios portugueses durante as antigas navegações. Embora não tivessem relação direta com Mazagão, as histórias eram importantes, na visão de Sofia, para que eu compreendesse o contexto, ou, nas palavras dela, "o caldo cultural em que a questão mazaganense estava inserida."

O fato é que, encerrados os "dias de trabalho", cada um seguia para o seu canto. Sofia ia fazer as coisas dela, que eu não tinha a menor ideia do que eram, e eu voltava sozinho para o hotel. E desse modo todas as minhas noites, naquele primeiro período de Macapá, foram solitárias. Eu jantava, caminhava a esmo pelas ruas do centro e da orla, respondia e-mails, via o noticiário na TV, deitado na cama, tomava algumas cervejas na varanda do hotel para chamar o sono até que, no fim, cansado, desmaiava. Eu pedia dicas para o pessoal da recepção do hotel, e a cada noite jantava em um restaurante diferente, o que não era nada de mais, servindo apenas para afastar um pouco o tédio e ter algum contato com a culinária, a cultura e a alma amapaense. Mas era decepção atrás de decepção, pois naquelas noites, se por um lado eu até que comi decentemente e fiquei longe de passar mal, por outro lado, não experimentei nada digno de nota, nada que merecesse ser lembrado. Eu fiquei com a certeza, naquelas noites solitárias, que Macapá não tinha realmente nada de bom a oferecer, pelo menos quanto à culinária. No futuro, já com Sofia, concluí que a culpa não era de fato da cidade, mas das indicações, absolutamente desprovidas de criatividade, dos recepcionistas do hotel.

De todo modo, porém, olhando retrospectivamente para aqueles dias, posso concluir que, se é verdade que Sofia e eu mantivemos contatos estritamente profissionais, que em nenhuma ocasião chegamos a sair juntos, e que nada, ou muito pouco, falamos de nossas respectivas vidas pessoais, devo admitir que, pouco a pouco, a cada dia que passava, ela se mostrava um pouco mais aberta e mais relaxada na minha presença. Talvez eu a intimidasse de alguma maneira, não sei. Falaríamos disso no futuro, e ela negaria enfaticamente, dizendo apenas que cuidar de mim e me "educar" era uma incumbência profissional que ela havia recebido da orientadora e chefe, e que estava simplesmente tentando dar conta daquilo da melhor maneira possível. Mas esse argumento nunca me convenceu. Não somos suecos ou noruegueses, ora, mas brasileiros, latinos. Não é assim que costumamos agir, daquele jeito cerimonioso e supostamente "profissional" dos povos anglo-saxões e nórdicos. Ainda mais quando se trata de duas pessoas jovens e livres de compromisso. De um jeito ou de outro, porém, o gelo entre nós estava sendo, aos poucos, quebrado. Mas não houve nada, nem sombra de algo, que pudesse antever o relacionamento, ou pelo menos a tentativa de um, que Sofia e eu chegaríamos a ter no futuro. Ainda que, mesmo sem saber disso, eu estivesse começando a amá-la.

Philippeville (Skikda), Argélia

11

Eu não sabia muito a respeito dos pilotos do garimpo até ouvir as histórias de Pedrão Preto e começar a pesquisar sobre a vida de André Giraud. Mas assim que passei a me inteirar mais do assunto, imediatamente descobri que, tirando a complicadíssima questão ética ligada ao tema, se tratava de um dos episódios mais épicos (e insanos) da história do Brasil. Não estou dizendo, portanto, que os pilotos estavam do lado certo da história, não estou querendo negar que faziam parte de um movimento absolutamente antiecológico, que estavam ajudando a destruir e desmatar a floresta amazônica e, muito menos, que faziam parte de uma engrenagem que contribuía para o extermínio dos povos indígenas. Nisso, aliás, os pilotos do garimpo (e o próprio garimpo) nada mais eram (e são) do que uma versão contemporânea da extensa horda destrutiva europeia que não parou de avançar pelo Brasil desde 1500, horda que incluiu bandeirantes e boiadeiros, que destruiu a Mata Atlântica, que exterminou centenas de nações indígenas e que, não satisfeita com o estrago produzido localmente, ainda foi escravizar milhões de pessoas na África. E assim por diante.

O que estou dizendo, enfim, é que, deixando de lado juízos de valor, os caras eram absurdamente corajosos e precisavam ser muito, muito bons no que faziam. Os riscos não eram muito menores do que os enfrentados pelos pilotos de caça na Europa ou no Pacífico na Segunda Guerra, pelos pilotos de helicóptero no Vietnã, pelos pilotos do Correio Aéreo dos tempos de Saint-Exupéry. Os perigos eram tão gigantescos que não consigo imaginar alguém decidindo encarar aquilo apenas por motivações econômicas. Claro, os pilotos ganhavam um bom dinheiro. Mas dinheiro, apenas, não explicaria o fenômeno. Até porque os pilotos morriam aos montes, e morto não usa dinheiro. Pilotos de avião não são, por óbvio, uns despossuídos. Um piloto sempre arranja emprego, se não for como comandante de jatos em voos internacionais, no mínimo com táxi-aéreo, funcionário de executivo ou instrutor. Além do mais, a maior parte dos pilotos do garimpo não era de empregados, mas voava em seus próprios aviões (precisamente o caso de André Giraud). Ou seja, não daria para, de uma maneira geral, considerá-los pobres ou desesperados. A situação do piloto é bem diferente da do garimpeiro, esse sim, em geral, um verdadeiro desenraizado, um despossuído, um sujeito que deixou família, moral e ética para trás, que vive no cotidiano uma verdadeira loteria, na qual não se importa em poluir, destruir ou mesmo matar, até porque a própria vida vale quase nada. Fala-se muito em garimpeiros (em geral, nas páginas policiais dos jornais). Mas, inexplicavelmente, muito pouco se escreveu (e, muito menos, se filmou) a respeito dos pilotos do garimpo. Por mais que pense, não consigo chegar a uma boa explicação para esse buraco em nossa história.

No começo, eu só sabia a respeito do tema o que Pedrão me contou, além de suspeitar, a partir do que o meu pai falava sobre André Giraud, que a coisa toda devia mesmo ser um pouco maluca. Procurei livros que tratassem do assunto, mas não encontrei nada que prestasse. Insisti com as pesquisas na internet, e então, vendo vídeos disponíveis no Youtube e lendo depoimentos de ex-pilotos, tomei um susto. O negócio tinha sido muitíssimo mais louco do que eu inicialmente supunha. E foi só aí, também, que comecei a compreender a real dimensão das histórias que Pedrão, algum tempo antes, havia me contado.

Mais do que isso tudo, me dei conta do quanto meu pai tinha razão quando dizia que André Giraud era um viciado em adrenalina, um sujeito de alma atormentada que só sabia viver se equilibrando nas bordas do abismo, sempre flertando com a autodestruição; e compreendi o quanto Pedrão realmente não olhava para trás, nem para os lados, nem para nada: tanto André quanto Pedrão eram sujeitos que poderiam morrer a qualquer minuto e não se arrependeriam, desde que tivessem vivido intensamente, desde que achassem que a jornada tivesse valido a pena. Os pilotos do garimpo me lembraram de um livro que li na adolescência, de um às japonês na Segunda Guerra, que sobreviveu e escreveu uma autobiografia. Não me lembro do título do livro, mas jamais me esqueci do nome do piloto, Saburo Sakai. Era um típico caso de um sujeito digno, destemido, extremamente bom no que fazia, mas que estava no lado errado da história. Os pilotos do garimpo, com toda a habilidade e a coragem que tinham, bem podiam ter trabalhado, por exemplo, para os Médicos sem Fronteiras, enobrecendo as respectivas biografias. Mas eles não estavam pensando em biografia, no bem comum, no melhoramento da humanidade, nada. Eram apenas uns sujeitos sem causa (muitas vezes também sem casa) viciados em adrenalina e ganhando algumas pepitas de ouro como pagamento.

Quanto aos riscos enfrentados no dia a dia da aviação do garimpo, os de André e Pedrão se equivaliam. Apesar de Pedrão Preto trabalhar "apenas" na manutenção, a aviação do garimpo não era uma realidade em que o mecânico ficasse tranquilamente instalado em sua oficina, esperando que os clientes chegassem com seus veículos precisando de um aperto de parafuso aqui, de uma troca de bomba de gasolina ali, nada disso. Boa parte dos defeitos aparecia quando os aviões estavam nas pistas mais remotas, até porque, em não poucas ocasiões, eram as aterrissagens difíceis, nas pistas esburacadas e enlameadas, que provocavam os problemas. Em não poucas vezes, consequentemente, os defeitos eram nos trens de pouso — e trens de pouso eram a especialidade de Pedrão. Os pedidos de socorro chegavam com frequência, e lá ia ele, sem perder tempo, embarcado em algum aviãozinho com suas ferramentas e algumas peças sobressalentes, rumo à pista onde estava o avião com defeito. Fazia os reparos por lá mesmo, nas condições que se apresentassem, para geralmente regressar, em seguida, no próprio avião recém-consertado, apertado com seus alicates, chaves de fenda e peças, em meio a uma cabine abarrotada de ouro e de ferramentas de garimpo, às vezes agachado no chão junto a um garimpeiro, pois os aviões, para abrir espaço para carga, geralmente arrancavam os assentos dos passageiros, e torcendo para o conserto ter sido bem feito, para tudo dar certo, para que o monomotor superlotado conseguisse decolar e completar em segurança a viagem de volta.

Mas, adrenalina à parte, se consigo compreender como uma figura desenraizada como Pedrão Preto se sentiu atraído por aquele universo maluco, assim como se sentiu pelo surf em Ubatuba e pelas obras de infraestrutura no Iraque, não sinto o mesmo quando penso em Giraud. Não pelo histórico, claro, porque, como escrevi acima, graças ao que dava para concluir pelas histórias que meu pai contava a respeito de seu amigo argelino, aquela atividade se encaixava perfeitamente em seu atormentado perfil psicológico. O que me espanta é saber que foi só depois de começar na "profissão" que ele se casou com a mãe de Sofia e que, pouco mais de nove meses depois, foi pai pela primeira — e, até onde se sabe, única — vez. Pai de uma menina inteligente, amorosa e linda. Como é que ele conseguia? A cada manhã, depois de tomar uma xícara de café, comer um pão com manteiga e passar os olhos no jornal, dar um beijo amoroso na boca da esposa, um beijinho terno na testa da filha, recomendar esta que obedecesse à professora na escola e que caprichasse nas tarefas, àquela que o aguardasse com um jantar bem gostoso, tudo como se ele fosse um típico executivo de vendas saindo de casa para mais um dia de trabalho entediante no escritório, para em seguida, na verdade, ir brincar de kamikaze sobre a imensidão verde da Amazônia?

Como, na época em que reencontrei (e depois entrevistei) Pedrão, eu não estava pensando em meu pai e nas histórias que ele me contava, não parei para pensar se meu amigo teria, talvez, conhecido André Giraud. Não seria uma hipótese improvável, afinal eles viveram aquela realidade mais ou menos no mesmo período, e Pedrão, como um mecânico bastante requisitado, haveria de ter tido contato com centenas de pilotos. Foi só bem depois, quando, por intermédio de Sofia, eu já sabia mais sobre a passagem do pai dela pela aviação do garimpo, que me ocorreu perguntar a Pedrão se, durante o período do garimpo, ele tinha conhecido um piloto gringo chamado André Giraud. Mas, quando finalmente perguntei, a resposta veio direta:

"Quem, o Alemão? Sim, conheci. Tinha gente que chamava ele de "Girado", mas ele corrigia, dizia "Girô". Aquele cidadão era maluco, era atirado mesmo. Com ele não tinha tempo ruim. Literalmente. Decolava em qualquer condição. Todo mundo o conhecia. O pessoal gostava dele. Andava sempre com uma browning belga, automática, 9 milímetros, no coldre. Falava com sotaque de gringo, raspando os erres. Não sei se era bom piloto ou não, tinha gente que falava que sim, tinha gente que falava que não, eu nunca voei com ele, mas sei que era louco. Sofreu alguns acidentes, que eu saiba uns três ou quatro, todos os pilotos sofriam, era normal, mas ele acabou morrendo no último."

12

Y vos capitan noble tan famoso
Altivo Ruy de Sosa Carvallo,
Cuyo osado animo orgulloso
Fue siempre manifestó a pie e a caballo.

Pues quando aquel exercito furioso
Del gran Xarife vistes de acavallo,
De vos bien se entendio, pues tal prudencia
Mostrastes en la fuerte resistencia.

Era o mês de fevereiro de 1561. De um lado, os soldados do *xarife* Abdallah el-Ghalib, comandados pelo filho deste, Mulei Mohammed, somando entre 120 mil e 150 mil guerreiros, a depender das fontes, incluindo 35 mil cavaleiros e 24 peças de artilharia pesada.

Do outro lado, comandados pelo fidalgo Ruy de Sousa Carvalho, estavam os 2.600 moradores da cidade-fortaleza de Mazagão. Com a cidadela cercada por todos os lados, exceto pelo mar (dominado pelas caravelas e naus portuguesas, que asseguravam entrada e saída de homens, alimentos e armas), o governador de Mazagão implorava insistentemente a Lisboa por reforços urgentes. Mas, dada a distância e o tempo necessário para mobilizar forças de apoio, ao longo das primeiras e decisivas semanas de luta, seriam estes menos de 3 mil moradores que precisariam defender, sozinhos, a cidade. Em algum momento, contudo, o reforço aportou no horizonte, na forma de cerca de 20 mil combatentes, entre os quais 600 cavaleiros fidalgos. Contudo, apesar dos reforços, a conta continuava francamente desequilibrada: os marroquinos ainda superavam os portugueses em pelo menos 100 mil homens, provavelmente mais. Quando, em abril, a luta chegou ao ápice, com ondas e ondas incessantes de mouros avançando contra as muralhas, Ruy de Sousa Carvalho foi ferido, sofrendo queimaduras severas, mas se recusou a abandonar o posto.

E a obstinada resistência mazaganense ia cobrando um preço cada vez mais alto aos atacantes. Por mais que tentassem, os canhões marroquinos não conseguiam destruir as muralhas de Mazagão, enquanto, em contrapartida, os canhões e atiradores portugueses, certeiros, castigavam sem cessar as trincheiras mouras. Vez por outra, abriam-se os portões e alguma tropa de cavaleiros deixava a fortaleza para fazer uma "razia", um ataque surpresa, ligeiro e quase sempre arrasador, aos atacantes.

As coisas foram indo assim até que, no começo do mês de maio, contabilizando muitas baixas, sem registrar nenhum avanço e tampouco vislumbrando perspectivas de sucesso, Mulei Mohammed admitiu que havia perdido a batalha e mandou levantar o cerco. A contagem final de perdas para cada um dos lados mostraria números impressionantes. Os marroquinos contabilizaram mais de 25 mil mortos, diante de apenas 117 óbitos portugueses.

Poucos eventos em meados do século XVI causaram tanta comoção no imaginário europeu quanto o cerco a Mazagão. As histórias da inacreditável resistência portuguesa, diante de um ataque por forças pelo menos cinco vezes maiores, eram contadas e recontadas por toda a Europa, como se fossem versões atualizadas das lendas do rei Artur, da *Canção de Roland* ou das histórias de El Cid Campeador. O papa Pio IV, apesar de pressionado por todos os lados no Concílio de Trento, encontrou tempo para rezar uma missa solene e afirmou que a batalha era a prova de que Deus não faltaria jamais aos cristãos, quando engajados em luta justa contra os infiéis. O simbolismo da vitória mazaganense sobre os mouros não deve mesmo ser minimizado, ainda mais se levarmos em conta que, naqueles mesmos anos, os sultões do Império Otomano vinham colecionando vitórias em relação aos cristãos. Constantinopla se tornara Istambul em 1453, e os turcos — que desde então já haviam se apoderado da totalidade dos Bálcãs e conquistado também a Hungria —, por muito pouco não ocuparam Viena e um eventual ataque à própria Roma não era uma abstração impossível. A decisiva batalha de Lepanto, em que a Liga Sagrada cristã, liderada pelos venezianos, conseguiu finalmente barrar a expansão marítima turca no Mediterrâneo oriental, ainda estava no futuro, a dez anos de acontecer.

Não é à toa que o livro *História do Cerco de Mazagão*, de Agostinho Gavy de Mendonça (que Sofia me mostrou em Macapá, mas que eu já conhecia de minhas pesquisas anteriores em São Paulo, e onde está o poema do alferes Juan de Torres Portugal, do qual tirei os versos que abrem este capítulo), tornou-se um best-seller continental. Gavy de Mendonça, além de escrever muito bem, representava uma fonte primária dos fatos, pois era um cavaleiro fidalgo nascido em Mazagão, que participou pessoalmente das batalhas contra os marroquinos. O pequeno reino de Portugal, que já impressionara a Europa por ter aberto a porta do continente à expansão ultramarina, dando a volta na África e chegando às Índias antes de qualquer outro país, agora mostrava valentia e habilidades guerreiras que causavam admiração em todos os cantos onde reinava a cristandade, tornando-se o tema de conversas nos pontos mais remotos da Europa.

À parte a coragem e o heroísmo dos defensores de Mazagão, é inegável que o projeto e a construção da fortaleza foram fatores decisivos para a vitória portuguesa. Os responsáveis foram alguns engenheiros militares italianos, liderados por um certo Benedetto da Ravenna, que utilizaram Mazagão como um laboratório para testar as mais recentes teorias da época a respeito da construção de fortalezas (teorias que viriam a ser amplamente postas à prova com resultados expressivos, nos anos seguintes, pelos exércitos de grandes soberanos europeus, como Carlos V da Espanha e do Sacro Império Romano Germânico e seu arqui-inimigo Francisco I da França).

As muralhas de Mazagão, de rocha sólida, tinham onze metros de espessura, subindo a catorze metros do solo. Em cada uma das quatro extremidades havia uma grande torre, muito bem armada, que dava proteção extra. E, entre e uma e outra torre, as muralhas não perfaziam uma linha reta, mas dirigiam-se em "V" ligeiramente para dentro, facilitando o trabalho dos atiradores das torres e das extremidades quando o centro das muralhas era atacado. Do lado de fora dos muros, uma série de fossos e barreiras atrapalhava o acesso de atacantes e tornava mais fácil e eficiente o trabalho dos canhões e arcabuzes dos defensores. Grandes cisternas subterrâneas garantiam o abastecimento interno de água por um longo tempo e, do lado do mar, um estreito canal assegurava que apenas uma rota pudesse dar acesso ao porto (igualmente fortificado), fazendo com que somente um navio por vez conseguisse se aproximar, tornando-o, caso fosse inimigo, um alvo fácil para a artilharia de Mazagão.

Além de fortaleza, Mazagão era também uma cidade. Com uma população que oscilava entre dois e três mil habitantes, conforme a época, comportava moradores permanentes convivendo com fidalgos em busca de glória, militares e administradores que ficavam no lugar apenas por um tempo. Entre os permanentes havia, além de soldados e fidalgo nascidos por lá (como o próprio Gavy de Mendonça), toda aquela gente que faz com que uma cidade possa funcionar: padres, alfaiates, seleiros, padeiros, pedreiros, carpinteiros, mestres de obras, médicos... Havia pastagens, hortas e pomares do lado de fora das muralhas (importantes para o abastecimento em tempos de paz) e, portanto, existia quem os cultivasse.

Mas Mazagão era uma cidade com alma, por assim dizer, problemática, pois não havia, na vida dos habitantes, qualquer propósito que não fosse o de esperar por um ataque. A cidade não produzia nada que fosse exportado, não era um entreposto comercial, não era tampouco a ponta de lança para missões expansionistas, pois Portugal, desde que chegara às Índias e ao Brasil, abrira mão de qualquer ideia de conquistas no norte africano. Como imaginar a vida de uma cidade cujo propósito é nada mais do que aguardar por um ataque? Para piorar as coisas, depois do épico cerco de 1561, os marroquinos levariam muito tempo para tentar novas aventuras, e pelos próximos dois séculos, nada de grandioso aconteceu. O ano de 1561 havia mostrado para eles, de maneira extremamente dolorosa, que as muralhas de Mazagão, com os recursos bélicos disponíveis naquela época, simplesmente não podiam ser vencidas. E que, por mais que pudessem sitiar a fortaleza por terra, não conseguiriam impedir o socorro lusitano por mar, algo que manteria os mazaganenses abastecidos com alimentos, armas e, quando se tornasse necessário, de mais cavaleiros e soldados.

Assim, depois de 1561, se um dos lados vivia para esperar por um ataque, o outro não tinha menor pretensão de atacar. Havia eventuais escaramuças, com batedores e patrulhas avançadas de parte a parte se estranhando, com prisioneiros sendo feitos (e depois trocados) de lado a lado. Nas décadas e séculos seguintes ao grande cerco, um pouco como no romance *O Deserto dos Tártaros*, de Dino Buzzati, a vida dos mazaganenses ficaria se equilibrando entre a apreensão (cada vez menor) e o tédio (cada vez maior).

Do ponto de vista de Lisboa, a disposição com a conservação de uma Mazagão portuguesa também iria, com o tempo, declinar. O foco, como escrevi acima, estava cada vez mais nas Índias e no Brasil. Gradualmente, todas as praças-fortes norte-africanas foram sendo abandonadas diante de atacantes insistentes e numerosos. Sobrou Mazagão, com suas muralhas intransponíveis. Mas, para Portugal, uma coisa era saber que Mazagão era difícil de ser conquistada pelos marroquinos. Outra, bem diferente, era decidir se valia a pena arcar com os custos para mantê-la.

Assim, a partir de meados do século XVII, Mazagão não apresentava mais nenhum propósito prático para o governo português. A fortaleza era dispendiosa, inútil e precisava ser abastecida desde Lisboa. A cidadela era conservada em parte por simples inércia, mas o principal motivo era por conta do simbolismo do grande cerco de 1561, um dos episódios mais caros à memória de um passado glorioso para os portugueses. Cada rei lusitano, um após o outro, chegava pensando em abandonar Mazagão, mas, quando confrontava as contas econômicas com as políticas, concluía que o custo em popularidade de simplesmente entregar aos infiéis aquela cidadela de passado tão heroico, seria grande demais para ser assumido. A coisa foi indo nesse banho-maria, sem que algum rei tomasse coragem de encarar de frente uma decisão, até que D. José I fosse coroado e nomeasse um primeiro-ministro intransigente e radicalmente reformista. Sebastião de Carvalho e Mello, conde de Oeiras e mais tarde marquês de Pombal, começou um processo duro e inflexível de racionalização da administração portuguesa, no qual inutilidades e desperdícios teriam cada vez menos espaço. Mazagão, naquele contexto, não podia aspirar por um futuro promissor.

Para piorar as coisas, depois de dois séculos, a evolução da tecnologia bélica, especialmente no campo da artilharia, vinha deixando as antigas muralhas do passado, antes consideradas inexpugnáveis, não mais tão invencíveis.

Agora, enfim, parecia uma mera questão de tempo para que os canhões marroquinos se dispusessem a testar as defesas mazaganenses. E, além do mais, com os gigantescos custos da reconstrução de Lisboa (que havia sido quase inteiramente destruída pelo terremoto de 1755), por um lado, e a queda da produção do ouro do Brasil, por outro, Pombal de certa forma não tinha mesmo alternativa. Fora isso, conforme contarei mais adiante, o terremoto ainda acirrou questões ideológicas, teológicas e políticas que acabariam por tornar o simbolismo de ficar ou sair de Mazagão ainda mais crítico. Era natural, portanto, que mais cedo ou mais tarde, ou mais cedo do que mais tarde, fosse tomada a decisão pelo abandono da anacrônica Mazagão portuguesa. Mas Pombal não era um político ingênuo e, assim, sua decisão não deveria soar como uma rendição frente aos marroquinos, mas como um decisivo passo em direção ao futuro.

Diante da realidade daqueles anos, é fácil concluir que decidir deixar para trás a fortaleza era a parte racional da história. A outra parte, bem diferente, e aí vamos entrando pela vereda da irracionalidade tecnocrática travestida de racionalidade iluminista, foi o projeto de enfiar os habitantes de Mazagão em navios e obrigá-los a criar uma cidade nova, com o mesmo nome, em plena Amazônia, para continuar a proteger as fronteiras do Império Português: agora não mais contra os mouros do Marrocos, inimigos do passado, mas contra os franceses da Guiana, potenciais inimigos do futuro. Era o grande passo em direção ao futuro imaginado por Pombal e seus ministros (que, como veremos, eram também seus familiares).

Além do aspecto irracional, a escolha do Amapá para receber a comunidade mazaganense em uma nova cidade, a ser erguida na selva, foi fruto também do acaso. É que Francisco Xavier de Mendonça Furtado, irmão de Pombal, era o então ministro da Marinha e Ultramar. E, antes disso, ele tinha sido governador-geral do Grão-Pará e Maranhão. Essa parte do Brasil (que sequer era considerada "Brasil") havia sido periférica para os interesses portugueses desde o início da colonização. O pau-brasil não fora extraído lá, a cana-de-açúcar não fora plantada lá e, principalmente, o ouro e o diamante não foram encontrados lá. Mas, quando viveu em Belém do Pará e conheceu um pouco a região, Mendonça Furtado se deu conta de duas coisas. Em primeiro lugar, notou que o potencial da região — muito mais próxima à Metrópole do que o Rio de Janeiro, ou mesmo Recife e Salvador —, era tão extenso quanto eram extensas aquelas terras; em segundo lugar, concluiu que outros países europeus, com mais recursos do que Portugal, não tardariam em perceber o vazio deixado ali pela Coroa portuguesa e tratariam de ocupar a área. Era o que ele imaginava que franceses, ingleses, holandeses e espanhóis estivessem planejando (um pouco exageradamente, sabemos hoje), a partir das Guianas, da Venezuela e da Colômbia. Basicamente, o medo da gestão pombalina era o de que todas as terras da margem norte do rio Amazonas para cima fossem perdidas para outras potências europeias.

Mas, se decidir era fácil, tornar realidade uma operação com aquelas características seria, é óbvio, muitíssimo mais complicado. Para não despertar ânimos negativos durante o planejamento de uma medida tão sensível para portugueses em geral e mazaganenses em particular, o ministro do Ultramar agiu com a maior discrição possível. Pensando no lado brasileiro da operação, ele solicitou ao seu sucessor no governo do Grão-Pará que fizesse pesquisas em áreas, no lado da margem superior do rio Amazonas, para a escolha de um local adequado para a criação de uma cidade, um lugar que pudesse ser viável tanto economicamente quanto importante, como na Mazagão original, do ponto de vista estratégico.

E para ajudá-lo no lado africano do problema, o irmão de Pombal manteve tudo em família, nomeando um sobrinho para o governo de Mazagão, alguém que pudesse coletar, em sigilo, as informações necessárias para que a retirada pudesse ser planejada sem provocar revolta nos mazaganenses e sem causar, enfim, atropelos.

Era essa a história que eu pesquisava, a fim de escrever o roteiro que me haviam encomendado, e era o que restara da parte amazônica daquela loucura transatlântica que havia me levado até o saguão do Departamento de Arqueologia da Universidade Federal do Amapá, em Macapá e, a partir de um certo ponto, conforme eu comecei a desejar, aos braços de Sofia Giraud. Não foi um desejo que se manifestou de imediato, nem que, quando começou a surgir, tenha sido avassalador. Ele veio aos poucos, a princípio tímido, mas foi aumentando e aumentando, conforme eu fui conhecendo, cada vez em mais profundidade, aquela mulher. Sim, nasceu tímido, esse desejo. Mas, desde que nasceu, não parou de crescer e nunca mais foi embora.

13

1956. A vida de meu pai e de André Giraud no Mato Grosso, durante o ano em que passaram trabalhando nas medições do rio Pardo, foi de uma dureza absoluta, muito mais do que pode fazer supor a imagem idílica, que eu fazia na infância, de aventureiros ao estilo Hemingway, usando coletes de cor cáqui, conversando ao pé do fogo e tomando pinga sob o céu estrelado depois de encerrar mais um dia de trabalho na selva. O que eu sei a respeito, baseia-se, em parte, no que ouvi de meu pai ao longo dos anos, e em parte, no que li em notas (em inglês e francês) que ele me deixou antes de morrer. Acredito que planejava escrever algum tipo de trabalho memorialístico a partir daquela experiência, mas foi adiando, adiando, até que a morte, mais expedita, o levou antes. E, como meu pai acabou não fazendo nada com as notas que deixou, sou eu quem, agora, trata de aproveitá-las.

Ainda assim, descontando o lado Hemingway da história, acho curioso, até mesmo engraçado, imaginar que, à noite, depois de dias exaustivos entrando na água até a cintura, comandando e mediando os peões e suas reclamações, lendo e corrigindo mapas, lidando com cobras, aranhas, piranhas e jacarés, fazendo medições, quando a escuridão chegasse, nos acampamentos armados na beira do rio, junto às fogueiras acesas sob o céu muito estrelado do Mato Grosso, André Giraud e meu pai, revólver na cintura e uma garrafa de cachaça na mão, se pusessem a falar de filosofia, das guerras e dos rumos do século XX, da vida que haviam deixado para trás (na Argélia e na Suíça, respectivamente), dos compatriotas de cada um deles, dos políticos, filósofos e artistas que gostavam e dos que não gostavam.

Lembro bem que meu pai, que na época da viagem mal falava português, tinha uma especial predileção em me contar sobre o tipo de trabalhadores que a expedição precisou contratar em Presidente Epitácio ("os peôns," como ele dizia, com o forte sotaque que não perdeu até o fim da vida). Naquela cidade de fronteira, naqueles dias, segundo o relato dele, quase só havia jagunços, foragidos da justiça, essas coisas. Não sei o quanto era exagero, o quanto não era, mas era desse jeito que ele falava.

Numa das anotações, meu pai registrava uma noite de folga, na zona de meretrício de Presidente Epitácio, enquanto a expedição ainda estava acampada não muito longe da cidade. Escrita em inglês, trazia os nomes, traduzidos, de personagens que ele muitas vezes mencionou para mim em bom português (apesar do sotaque). Assim, no texto dele, João sem Medo virou John Without Fear; Batatinha, Small Potato; Zé Buceta, Joe Pussy; e Cobra Preta, Black Snake. Além desses, ele escreveu sobre o Paraguai, sobre o Gaúcho e sobre o "Santista, com cabelo empapado de brilhantina, que era igualzinho ao personagem Amigo da Onça, da revista *O Cruzeiro*". Alguns deles, na tal noite da ida ao puteiro, usavam óculos com lentes sem grau, para "parecerem mais intelectuais". "Todos embarcaram", continuava o texto de meu pai, do qual esbocei uma tradução, "na caçamba de uma velha camionete Chevrolet alugada, dirigida por Tolly, um russo baixinho e forte como um touro, que ficava o tempo todo falando de sua família. Quando viajava sozinho, costumava carregar um revólver sob o banco, e uma noite, ligeiramente bêbado, disparou sem querer um tiro que passou bem entre as minhas pernas!".

E a anotação continuava: "Ao passarmos pela casa no fim da rua, eu finalmente vi as mulheres. Havia para todos os gostos. Havia a velha Teresa, que sabia ensinar as iniciantes e logo se aposentaria; Ana Maria, a ninfeta de olhar tímido; a magra Deolinda, com seus olhos negros e tristes, que seguramente sofria de alguma moléstia incurável; Suzana, a alemã, que tinha a fama de ser a mais liberal. Havia Rosalinda, que carregava muito na maquiagem, ao ponto de ficar parecida com um guerreiro indígena; Jeanne, a garota francesa que usava uma minissaia, sempre com um cigarro nos lábios; e Isabella, com um olhar enigmático e seu romântico vestido branco. Na hora de irmos embora, todas ficaram juntas, na varanda, soprando beijos, rindo, dizendo adeus. Eu jamais havia presenciado uma despedida tão arrebatadora em toda a minha vida!" Lendo essas descrições agora, fico pensando o quanto meu pai não terá inventado, ou melhor dizendo, adaptado e glamourizado essas figuras de prostitutas do sertão a partir de personagens do cinema e da literatura. Jeanne, uma garota francesa usando minissaia com cigarro nos lábios? Na Presidente Epitácio de 1956? Atualmente acho difícil de acreditar... Mas quando ele me contava, eu não parava para pensar, não questionava, apenas me divertia ouvindo, ainda que, no fundo, imaginasse que havia um tanto de criatividade naqueles relatos supostamente objetivos. Ah, como eu adoraria poder conversar com meu pai, hoje, sobre todas essas histórias...

Uma das notas que meu pai me deixou, e que considero particularmente atraente, tem o título de "fragmento de diário", com data de entrada de "outono de 1956 — Presidente Epitácio — Impressões". Traduzo um trecho (pois o original está, como o que transcrevi acima, em inglês):

"Presidente Epitácio repousa na extremidade de uma vasta e nua planície com umas poucas árvores secas. É um terraço, ou varanda, a deitar os olhos sobre o rio Paraná.

É uma cidade só no nome. Nas ruas, o calor, e os que transitam de um lado para o outro, transformam a terra em poeira fina que forma uma grossa camada, na qual os pés afundam como se estivessem caminhando na neve.

Cachorros, carrocinhas puxadas a mão, gente de tudo quanto é tipo: gaúchos com botas de acordeão ['bombachas': meu pai seguramente não conhecia a palavra], garotas negras com os rostos suados, mulatos com chapéus enormes, crianças.

Armazéns nos quais se vende de tudo: selas, facões, cordas, tecidos, instrumentos musicais, ferramentas, chapéus etc.

Bares onde se senta à mesa para se beber cerveja morna ou pinga, de onde as pessoas lançam cusparadas, na rua, sem se constranger.

Um grande posto de gasolina, duas farmácias, um fotógrafo japonês, algumas mercearias, nada mais. Numa esquina, um velho vendendo doces.

Um circo, camelos, um elefante, um homem que se parece com Luís XI [rei francês que governou de 1461 a 1483, e que em seu retrato mais famoso, atribuído a Jacob de Litemont, aparece de perfil, com um nariz enorme, queixo pequeno e um impressionante olhar de tédio].

Uma perna, um cachorro magro, um negro esquálido vindos [ilegível] com meias enormes.

O cais, guindastes, mulheres lavando roupa, barcaças, barcos movidos a pás. O horizonte sempre azul, o pôr do sol vermelho, os patos voando em duplas, um menino olhando para o rio com os braços bem abertos, os outros com os calções rasgados. Negros com seus corpos esplêndidos.

Os estaleiros. O cobrador do navio a vapor, que por três vezes vai e vem, em busca dos passageiros atrasados.

O registro de nossos trabalhadores. Documentos, nomes, datas. Nada é real, tudo está adulterado. Fingimos que acreditamos.

O hotel, os quartos, o teto, os chuveiros, a mesa.

Os alto-falantes berrando músicas mexicanas e paraguaias. O vendedor ambulante que só tem uma dúzia de bananas podres pra oferecer."

Lendo essas notas deixadas por meu pai, fico com pena de ele não ter desenvolvido o material que tinha e escrito um livro de memórias, ou mesmo um romance. Talvez, se eu as tivesse lido enquanto ele estava vivo, pudesse tê-lo convencido a fazer isso, mas não li e isso não aconteceu. E, quando ouvia as histórias, apenas gostava delas, não pensava naquilo como algo que potencialmente poderia render algo mais do que simplesmente boas histórias para se fruir em casa, durante o jantar, sabendo da possibilidade de que provavelmente haveria, como escrevi acima sobre o tópico em que ele fala das prostitutas, uma boa dose de exagero ou de invenção mesmo, em todas elas, talvez, uma influência de Joseph Conrad (um autor que meu pai amava). Mas, enfim, não é disso que se trata aqui. Voltando ao fio da meada, o que me ocorre é que, naquela vida de fronteira que estava levando, chegado há pouco tempo no Brasil, me parece natural que se aproximasse de André Giraud. Antes de mais nada (a empatia viria na sequência), o argelino era, naquele fim de mundo, a única pessoa com quem meu pai podia realmente conversar — e conversar em francês.

Fora isso (ou "forra disso", como dizia meu pai), Giraud era mais velho, e literalmente, um veterano de guerra com mortes no currículo, um sujeito que, diferentemente de meu pai, atirava bem e sabia lutar com armas brancas, algo que, naquele universo selvagem e hostil, poderia ser bastante útil. Também acho natural que falassem de política, da guerra de independência na Argélia (que ainda estava em pleno curso) e da Segunda Guerra na Europa (que terminara havia apenas onze anos). O que acho mais curioso é imaginar os dois, à noite, como escrevi acima, falando de filosofia, de Camus e de Santo Agostinho. Mas, ache eu o que quiser, é problema meu, porque o fato é que, ao que tudo indica, eles falavam disso tudo também.

Giraud gostava muito de Santo Agostinho, de quem sabia de cor uma infinidade de citações. Um santo de verdade, ele dizia. Um santo, não no sentido mágico da Igreja, porque Giraud, formalmente católico, não era, a rigor, um crente. Mas Agostinho teria sido um santo porque, a despeito de tudo o que se colocava contra ele, em nenhum momento desistiu de construir uma teologia sólida, aproveitando da filosofia grega o que ela pudesse fornecer, reforçando a sabedoria onisciente de Deus, combatendo as variantes teológicas mágicas e irracionais que abundavam em diferentes correntes do cristianismo primitivo ("variantes teológicas mágicas e irracionais" eram palavras que meu pai atribuía a Giraud, e que ele achava francamente hilárias, pois qual teologia, afinal de contas, não seria mágica ou irracional?). Além disso, o que Giraud mais admirava em Agostinho era o esforço catequético, de alguém que lutou incansavelmente para transformar "bárbaros" em gente "civilizada." Uma tarefa na qual o bispo, e depois santo, triste mas heroicamente, colecionaria mais fracassos do que sucessos, exatamente como os franceses, na mesma Argélia, mil e quinhentos anos depois. A velha arrogância do eurocentrismo insistindo, teimosa, pelos séculos afora.

Meu pai, tampouco um crente, contestava, argumentando, segundo o que me contava, que Agostinho havia contribuído para o fim do mundo clássico, que o esforço catequizador dele não se dirigiu somente aos "bárbaros", mas — principalmente — ao paganismo clássico, e que a Idade Média, que ele ajudou a criar, não havia sido lá muito civilizada, ainda mais se comparada ao infinitamente mais sofisticado mundo greco-romano. Mas não adiantava, o amigo não mudava de opinião. Para Giraud, Agostinho havia sido, ao mesmo tempo, um sábio, um santo e um herói.

Por outro lado, entre os compatriotas argelinos com quem André Giraud implicava, estava Albert Camus. Meu pai perguntava: mas por que, André? De onde vem tanta antipatia? Você não gosta do que ele escreve? "Não", respondia Giraud. "Eu nem mesmo li a maior parte do que ele escreveu. Eu não gosto é do sujeito, e muito menos do que ele defende. A Argélia é francesa, deveria permanecer francesa, aqueles árabes são uns selvagens, uns primitivos, soltam bombas em cafés, em escolas, matam crianças, são terroristas, e Camus defende que se crie um país binacional, meio francês e meio árabe, o que é absolutamente impossível de acontecer, até porque os árabes seriam maioria, e como seria possível, com tamanha disparidade, existir uma democracia que preservasse nossos direitos? Aquilo vai explodir, Jean. E a explosão vai jogar estilhaços na França, na Europa, no mundo todo. Eu não quis ficar pra ver o fim, o fim não será bom. Por isso eu saí, e no fim das contas estou aqui, neste fim de mundo. Pelo menos aqui eu olho para o futuro, lá não havia futuro algum. Eu estava servindo no Marrocos, e agora o governo [francês] decidiu abrir mão, com os espanhóis, do protetorado. Uma desgraça. Também abriu mão da Tunísia. Mas até aí tudo bem, pois tanto Marrocos quanto Tunísia, apesar dos problemas, são países de verdade. O Marrocos é uma monarquia antiga, decadente, mas reconhecida pelo povo do país. A Argélia não é nada disso. Não existia Argélia antes da chegada dos franceses. Argel era um porto de piratas. Vai ser o caos. Os árabes estão felizes, comemorando, gargalhando e tossindo, tanto kif que estão fumando. Mas quer saber o que vai acontecer em alguns anos? Vai ser o caos. Eles vão estar na miséria, precisando de emprego, e vão começar a atravessar o mar, como fizeram no passado, e vão invadir a Europa, vão invadir a França. Você vai ver... Só que, quando isso acontecer, eu não vou estar lá pra ver, porque caí fora, eu desisti daquilo tudo. É por isso que estou aqui, nesta noite, neste sertão, olhando as estrelas, tomando cachaça, conversando com você. Um bando de bárbaros. E o Camus, idiota, ingênuo, querendo fazer acordo com eles, conversar, criar uma nação de irmãos diferentes, mas irmãos... que irmãos? Que teriam a maioria dos votos, para impor a lei islâmica a todos? Que irmãos? Irmãos de quem? Gente que solta bombas em escola, bondes e cafés? Meus irmãos é que não são..."

Quando meu pai me contava essas coisas eu o questionava, achando que aquilo tudo estava um pouco além do reacionarismo aceitável. Eu compreendia a mágoa, entendia que Giraud sofria por ter sido obrigado a viver no exílio, mas não podia aceitar que ele achasse "natural" que a França ocupasse um país estrangeiro, ainda por cima considerando que, por seu "primitivismo", os ocupados é que estavam errados. E diante do argumento de Giraud a respeito do terrorismo árabe, de gente que soltava "bombas em escolas, bondes e cafés", eu me lembro de ter questionado meu pai: mas esta não era justamente uma frase famosa de Camus, mais ou menos como "por uma causa justa, explodem bombas em bondes, mas minha mãe usa bondes. Entre a justiça e minha mãe, escolho minha mãe". Mas aí meu pai me lembrou que esta frase foi dita por Camus na época em que recebeu o Nobel de literatura, em 1957, ou seja, um ano depois das conversas dele com Giraud nas noites do rio Pardo. Ele tinha certeza das datas, porque quando leu a entrevista em que Camus falava aquilo, lembrou-se imediatamente do amigo *pied noir* e das conversas que tinham no Mato Grosso. Mas, claro, ele me concedia: passado tanto tempo, eu aqui relembrando, posso, influenciado pelo que Camus falou depois, ter colocado as palavras na boca de André, esse "eles soltam bombas em bondes". Mas o sentido eu não estou inventando, ele insistia, era isso mesmo o que André queria dizer.

Eu, do meu lado, também o provocava. Terrorismo por terrorismo, os franceses também torturaram, e consta que torturaram muito mais, sendo que, afinal de contas, eram os invasores, os ocupantes de uma país estrangeiro, e assim se comportavam. Meu pai, eu insistia, você concordava com as visões de Giraud? Ele dizia que não, pelo menos não com tudo. Mas enfatizava os descontos. Falava: é difícil cobrar objetividade de quem foi expulso de casa, não é? André Giraud, como de resto Camus e outros membros de famílias de *pieds noirs*, tinham a Argélia como seu lar, nasceram lá, assim como seus pais, avós e, em alguns casos, até mesmo bisavós. E de repente estavam sendo expulsos, tornando-se párias internacionais, pois mesmo na França, meu pai ressaltava, eram vistos com desconfiança, não como franceses plenos. O nome *pied noir* diz muita coisa, não é? E ressaltava: Giraud era uma ótima pessoa, honesto, bom caráter, um amigo com quem se podia contar, então, como eu poderia condená-lo? Por outro lado, para ser justo com meu pai, ele mesmo não via os árabes argelinos como bárbaros primitivos, e compreendia a luta que travavam pela independência. Além do mais, meu pai completava, se a França pretendia, como alguns argumentavam, manter a Argélia como parte integrante da nação (e não como colônia), ela deveria ter dado direitos políticos plenos aos árabes, algo que os ingleses fizeram em 1948, quando foi editado o *Nationality Act*, que concedia cidadania britânica plena a qualquer pessoa nascida em qualquer parte do Império Britânico, uma possibilidade que os políticos franceses só consideraram seriamente quando já era tarde demais. Não deve ser por acaso, eu concluiria anos depois enquanto rememorava essas conversas com meu pai, que Londres é, ainda hoje, uma cidade muito mais multiétnica (e culturalmente rica) do que Paris. Nenhum imperialismo é bom, muito menos desejável; mas parece óbvio que os ingleses tinham mais experiência no ramo do que os franceses. Aliás, fico pensando que até Portugal foi mais eficiente que a França. Tendo sido o país que, com Mazagão e iniciativas similares, criou o imperialismo transatlântico europeu, foi também o último, somente em 1975, a deixar suas colônias africanas, Angola e Moçambique.

Meu pai tendia a concordar, pelo menos sob um ponto de vista moral, com Camus, que defendia uma Argélia multiétnica, na linha do que, décadas mais tarde, como eu já escrevi, Nelson Mandela conseguiria fazer com a África do Sul pós-apartheid. Mas, mesmo décadas depois, Mandela, uma figura excepcional, era uma exceção. Na maior parte dos casos, fissuras profundas como a da Argélia jamais se resolvem de maneira pacífica. Foi assim com paquistaneses e indianos, com sérvios, bósnios e croatas, com israelenses e palestinos, com tutsis e hutus em Ruanda, com o emaranhado multiétnico e religioso libanês e assim por diante.

Analisando retrospectivamente, meu pai ressaltava, expulsar os argelinos de origem francesa, cerca de um milhão de pessoas, aproximadamente um quinto da população (e a maior parte dos habitantes das duas maiores cidades do país, Argel e Oran), fez com que o jovem país perdesse uma grande massa de pessoas qualificadas, como médicos, professores e engenheiros, que poderiam ter sido muito úteis na construção da nova Argélia. Mas, meu pai prosseguia, apesar da simpatia com as ideias de Camus, provavelmente não teria havido outra saída, pois a guerra de independência havia sido tão sangrenta, com tanta selvageria de lado a lado, que as mágoas acumuladas, as feridas abertas, se já eram consideráveis antes, tornaram-se provavelmente grandes demais para serem simplesmente acomodadas e cicatrizadas. E, ele concluía, não havia exemplo melhor disso do que a figura de André Giraud, uma pessoa maravilhosa, boa, generosa, um amigo excepcional, mas que jamais (depois da guerra de independência) se sentaria à mesa com um árabe argelino, jamais compartilharia uma refeição, nada. E a recíproca seria certamente verdadeira, pelo menos para a maior parte das pessoas de um lado e do outro. Como é que árabes e franceses, diante de tais condições, poderiam compartilhar o mesmo solo e construir juntos um novo país?

No fim das conversas sobre esse tema, meu pai invariavelmente se lembrava, rindo, das datas: nossa expedição no Mato Grosso aconteceu em 1956, ele dizia, e André Giraud não cansava de destilar imprecações contra Camus, e não sei qual teria sido a reação de meu amigo, lá no meio do mato, ele dizia, se a coisa toda tivesse acontecido um ano depois, quando se espalhou a notícia de que o compatriota com quem ele tanto antipatizava havia recebido o Nobel de literatura.

14

A partir do primeiro bate-papo que tivemos, naquele nosso reencontro no canto esquerdo da praia Grande de Ubatuba, Pedrão e eu começamos a nos ver com alguma frequência. Apesar de eu não gostar daquela praia (ou no que ela havia se transformado por causa do turismo predatório), passei a incluí-la em sessões de surfe esporádicas, em parte só para ter o pretexto de encontrar o Pedrão e trocar algumas palavras com ele. Em algumas das vezes ele estava trabalhando no quiosque, e eu surfava até perto do fim do expediente dele, para podermos tomar uma cerveja e jogar conversa fora. Em outras vezes eu tinha a sorte de pegá-lo de folga, e nessas ocasiões ele estava sempre dentro d'água, pegando onda com seu longboard, e aí, como nos velhos tempos, nós surfávamos juntos.

Aos poucos, ao longo dessas conversas, Pedrão começou a preencher os detalhes do que tinha feito e por onde havia passado desde que desapareceu de Ubatuba, num tempo que parecia ter sido séculos atrás. Falou do Iraque, onde trabalhou construindo estradas para empreiteiras brasileiras, falou da Amazônia, onde trabalhou como mecânico de aviões para o garimpo, falou do contato, na mata, com guerrilheiros colombianos das

Farc, que costumavam atravessar livremente a fronteira... Eu não lembro bem o dia, mas sei que foi quando Pedrão falou das Farc que caiu a ficha de que havia uma história de verdade ali, uma história que poderia interessar à revista para a qual eu colaborava. Assim que voltei a São Paulo, telefonei para o diretor de redação, contando um pouco da história de Pedrão e apresentando meus argumentos para justificar uma matéria. Para reforçar, havia o fato de que Pedrão, antes de desaparecer de Ubatuba, havia participado da organização de alguns dos primeiros campeonatos de surfe do Brasil, nos quais havia atuado como juiz, algo que se encaixava muito bem no perfil da revista. O diretor de redação me pediu para colocar tudo num e-mail, com o máximo de detalhes, o que eu imediatamente fiz e, em menos de uma semana, a resposta positiva apareceu na minha caixa de entrada: sim, eles publicariam a matéria. Me passaram o número máximo de toques e fui informado de que a produção escalaria um fotógrafo para fazer os registros, mas que eu deveria, além disso, pedir para Pedrão fotos antigas, tanto da época de juiz de surfe pioneiro como também, se fosse possível, do Iraque, do garimpo, enfim, de tudo que ele tivesse.

Na descida seguinte para Ubatuba, fui ansioso até o canto esquerdo da praia Grande e procurei o Pedrão. Ele estava lá. O que você acha da ideia de fazermos uma matéria sobre a sua vida, Pedrão? Vamos? Rapaz, ele respondeu, não sei se minha vida vale uma matéria, mas se você está propondo, então, opa, vamos! Pedi então para ele procurar fotos antigas de surfe e das viagens dele, e marcamos um dia para ele ir até minha casa e gravarmos a entrevista que eu usaria no texto (na realidade, a casa em Ubatuba era — é — de minha tia, onde frequento desde criança e sou recebido como um filho).

A matéria que escrevi sobre Pedrão saiu com o muito apropriado título "Sem olhar para trás". Logo de cara, o leitor ficava sabendo que Pedro Lourenço nasceu em 1945, numa fazenda de café em Amparo, no interior de São Paulo, onde os pais trabalhavam e ele, desde cedo, assim como os irmãos, ajudava (o pai, na roça; a mãe, na cozinha). Não reclamou da infância, rememorou, com emoção na voz, algumas histórias da avó, filha de escravos em Minas Gerais, enfatizou que não tinha queixas do pai, da mãe ou dos muitos irmãos, pelo contrário, disse que guardava boas lembranças de todos. Mas contou, com toda a serenidade do mundo, que, com apenas onze anos de idade, decidiu que aquela não era a vida que queria viver, e que então simplesmente arrumou a mala e foi-se embora para a capital.

Nunca mais Pedrão veria sua família de origem, sequer ouviria falar deles. Foi a primeira vez na vida em que não olhou para trás. Educação formal ele teve até a quarta série, na escolinha rural da fazenda em que nasceu. Em São Paulo e arredores, ele trabalhou em tudo quanto foi atividade, desde ajudante de pedreiro a padeiro, de atendente de mesa em boteco a açougueiro, de frentista em posto de gasolina a churrasqueiro em restaurante de estrada. Até, finalmente, receber um treinamento e se tornar aferidor técnico de bombas de combustível, o que por acaso o levaria, uma vez contratado por uma empresa terceirizada da Petrobras, até Ubatuba.

E, uma vez em Ubatuba, inebriado com o mar e com a paisagem, Pedrão pensou: é nesse lugar que eu, pelo menos por enquanto, vou ficar. Deixou o trabalho de aferidor (que implicava vida itinerante) e seguiu fazendo os bicos que apareciam. E então aprendeu a surfar e a laminar pranchas, uma atividade difícil e delicada, na qual ele se tornou uma referência (e que quando eu o reencontrei ele voltara a fazer, mas agora só como hobby, para os amigos). Se no começo do surfe *shapear* ou laminar pranchas não deixava ninguém rico, pelo menos dava o suficiente para um jovem solteiro e de hábitos frugais conseguir se alimentar, morar e se vestir.

Foi um pouco depois da chegada de Pedrão a Ubatuba que eu, então garoto e aprendendo a surfar, o conheci. Mais tarde ele se tornou juiz de surfe, então vieram o Iraque, a manutenção de aviões no garimpo na Amazônia, as drogas, as crises de malária, o alcoolismo...

Tudo isso saiu, pelo menos em parte, no texto que escrevi sobre ele. É que, como sempre acontece com essas matérias para jornais ou revistas, grava-se muito mais material do que o espaço disponível permite que se aproveite. Escrevendo o texto, o primeiro que faz os cortes é o autor, com o intuito de adequar a matéria ao número de caracteres que os editores pediram. Mas mesmo depois que a primeira versão do texto é entregue aos editores, a tesoura segue implacável. Na maior parte das vezes, isso acontece porque pode ter entrado um anúncio, ou terem sido canceladas algumas páginas da edição, e é assim que, rotineiramente, uma matéria, prevista para ter, por exemplo, quatro mil caracteres, de repente precisa caber em dois mil e quinhentos. Com o texto que escrevi sobre Pedrão não foi diferente, e as duas coisas aconteceram, ou seja, cortes meus e cortes do editor. Deste segundo lado, me incomodou particularmente a exclusão da menção aos encontros com guerrilheiros das Farc, pois havia sido justamente o meu gatilho inicial para a ideia de escrever o texto, e penso que havia nisso um interesse jornalístico legítimo, pois Pedrão assegurara que, enquanto ele estivera por lá, os guerrilheiros colombianos transitavam livremente pelo território brasileiro, inclusive negociando, abertamente, com garimpeiros, algo que o governo brasileiro sempre negou.

Do meu lado, muita coisa também foi, infelizmente, cortada, e aí não houve tanto prejuízo do conteúdo básico, mas de detalhes que, não raramente, revelam-se essenciais. Uma coisa era escrever, por exemplo, que "Pedrão trabalhou como mecânico de aviões no garimpo amazônico, uma atividade extremamente arriscada, porque os aviões eram pequenos, as pistas, precárias, os voos totalmente baseados no visual, etc." Outra, muito mais interessante, seria ter tido a possibilidade de transcrever, na íntegra, o depoimento de Pedrão, como neste trecho:

"O que eu fazia era manutenção. Era mecânico de aviões. Não faltava trampo, ganhei uma grana. Mas gastava quase tudo. Muita bebida, muita maconha. Muita mulher. Mulher feia, aquilo era um faroeste. Gonorreia era resfriado, todo mundo pegava. Tinha que respeitar os caras, mas tinha também que impor respeito. Garimpeiro é o bicho, é gente sem raiz, muitos, não todos, mas muitos eram foragidos. Um olhar diferente e pronto, um tiro, uma facada, e nego morria assim, por nada. Terra sem lei mesmo, meu amigo. Como eu fazia manutenção, na maior parte do tempo eu ficava nos pontos de partida, um bom tempo em Itaituba, depois Macapá, São Félix do Xingu, Santarém, variava com o tempo, conforme se abria um novo garimpo, mas sempre por ali, entre o meio e o norte do Pará, Tocantins, Amapá, uma época também em Roraima e no norte do Amazonas. Mas às vezes havia a necessidade de fazer a manutenção nos pousos do garimpo, aí eu ia em algum avião, levando as peças que imaginava que ia precisar, e fazia o conserto, pelo menos o básico, lá nas pistas mesmo. Você não tem ideia do que eram aquelas pistas do garimpo. Tem na internet. Pesquisa na internet, você vai encontrar uns vídeos da época. É aquilo mesmo que está lá. Insano. Absolutamente insano. E os caras pousando em dia de chuva, no barro, com neblina. Morro na frente, morros dos lados, e cada pista, uma pior que a outra... tinha pista que era metade subida, metade descida... tinha pista que fazia curva... Era uma outra vida, como se fosse uma existência paralela. Depois, quase por imposição dos caras, não tinha como evitar, porque muitas vezes não tinha mais ninguém pra resolver, eu aprendi a fazer manutenção das bombas do garimpo, sabe aquelas bombas, que drenam os rios? O pagamento era feito em ouro, pesado na hora, armas em cima da mesa. Se eu me lembrava da infância, do passado? Lembrava, claro, lembrava da fazenda em que nasci, do meu pai que nunca mais vi, do cheiro do café que minha mãe passava no coador, me lembrava de Ubatuba, do surfe, mas era como se fosse sonho, como se fosse uma história que tinha acontecido com outra pessoa, num filme, numa viagem de ácido, não comigo. Eu não ficava remoendo memórias. Não, não dava. Aquilo lá você tinha que viver de corpo e alma, tinha que estar lá, mergulhado, acordar, viver, dormir aquilo. Aquela era a única vida. Se não fizesse assim, você pirava. Se ficasse pensando no passado, na praia, na casa da mamãe, você pirava."

15

A voadeira avançava, ligeira, junto à margem direita do rio Mutuacá, na infinita, quente e úmida foz do Amazonas, impulsionada por um barulhento e esforçado Evinrude de 40hp. Na proa, Sofia, de boné de algodão cru, camiseta branca com o logotipo da universidade e calça jeans, apontava para lá, para acolá, gesticulava, explicava. Mas eu, sentado na metade de trás do barco, com o barulho do motor rugindo em meus ouvidos, mal entendia o que ela falava. Eu olhava para Sofia, como quem compreendesse o que ela dizia, e sorria, concordando. E acho que foi ali, na lancha, contemplando-a, toda falante e aparentando estar muito orgulhosa do que dizia (e que eu não ouvia) que, à parte a permanente curiosidade com relação ao suposto parentesco dela com André Giraud, a atração que eu já vinha sentindo começou a ganhar, para mim, proporções um pouco assustadoras.

Havíamos saído de Macapá logo cedo, e ainda havia umas duas horas a vencer, na subida do rio, antes de chegarmos a Mazagão (a nova). De lá, caminharíamos até Mazagão Velho, o local da escavação, onde encontraríamos a equipe de campo que estava trabalhando na área e, de acordo com o plano, passaríamos pelo menos três dias estudando a região, anotando e fazendo fotos. Cristiana Arruda, a professora responsável, prometeu nos encontrar lá no último dia, quando eu, já tendo conversado com toda a equipe, circulado por todo o sítio e feito um monte de fotos, teria finalmente a oportunidade de entrevistá-la. A partir do quarto dia, munido de minhas fotos e anotações, eu voltaria para Macapá, e de lá para São Paulo, enquanto Sofia continuaria com o resto da equipe, trabalhando no sítio arqueológico. A data de saída era aproximada, porque dependia das idas e vindas das voadeiras de Macapá, e isso, Sofia me alertara, não seguia exatamente uma programação de trem suíço.

Os dias, no acampamento, seguiam uma rotina imutável. Todos acordavam cedo, iam até a beira do igarapé, onde as estruturas provisórias de banho e higiene haviam sido montadas, depois seguiam para o barracão onde era servido o café da manhã, em seguida se dirigiam cada um para o lugar no qual trabalhavam, alguns escavando, outros limpando terreno, medindo, fotografando, analisando peças recém-descobertas, estudando mapas e plantas antigos. No barracão das refeições ficava, ao longo da manhã, garrafas térmicas com café, suco e água, além de frutas e pães. De tempos em tempos as pessoas iam até lá para descansar, comer e beber alguma coisa e conversar sobre eventuais progressos ou dificuldades nos trabalhos matinais. Meio-dia e trinta era servido o almoço, todos voltavam a se juntar sob a lona do barracão e, após a sobremesa e mais um cafezinho, cada um voltava para seu local de trabalho. As atividades de campo, propriamente ditas, eram interrompidas por volta de quatro da tarde, quando o infalível aguaceiro amazônico desabava sobre o sítio. Passada a chuva, tudo voltava ao normal, até perto de seis e meia da tarde, quando as pessoas começavam a recolher suas ferramentas e voltar para os barracões, alguns se dirigindo, antes, para a área de banho, todos se preparando para fechar mais um dia de trabalho, usar os computadores (uma antena garantia acesso por satélite a internet, lento e instável, suficiente para e-mails e pouco mais), jogar cartas, tocar violão e gaita (dois sujeitos faziam isso), jogar conversa fora e, enfim, relaxar.

Com relação a mim, os membros da equipe de campo variavam de medianamente simpáticos a totalmente indiferentes. Alguns deles pareciam realmente especialistas em me ignorar, alimentando uma espécie de espírito de classe que os levava a ter conversas que pareciam planejadas para que eu não entendesse nada, contavam piadas internas, sentavam-se à mesa nas refeições sem se preocupar em me convidar para me juntar a eles, e assim por diante. Se comportavam como gênios, os Arqueólogos, os Escolhidos, ao passo que eu não passava de um paulista ignorante e alheio à Grande Importância do Trabalho que Faziam Ali. Os mais simpáticos apenas concediam que eu eventualmente me sentasse com eles, ofereciam suco ou café, faziam alguma pergunta protocolarmente simpática sobre os motivos da minha estada e, uma vez que eu respondesse, me questionavam a respeito de meu projeto. Mas não iam muito além disso, de maneira que, se não fosse por Sofia, meu sentimento de solidão teria sido gigantesco.

Certamente por conta do meu total analfabetismo em relação à arqueologia, já que nunca me interessei pelas matérias optativas sobre o tema na faculdade, o que encontrei, ao chegar ao local das escavações, representou inicialmente uma enorme decepção. Não havia nada que lembrasse uma ruína grega, um castelo escocês, os templos de Angkor Wat. Nenhuma construção, nenhum traçado no chão que pudesse ser interpretado como tendo sido uma rua, nada. Exceto por duas ou três paredes de pedra (que, eu logo soube, eram resquícios da igreja matriz), todo o resto eram buracos no chão, organizados de maneira retangular, como se fossem alicerces, protegidos por cercas de barbante presas a pedaços de pau. Aqui e ali, grandes réguas no chão, bandeirinhas amarelas e vermelhas, baldes, pás, pincéis, peneiras, algumas barracas de lona, numa área quente, úmida, completamente circundada por mata. É claro que, sendo honesto, eu não esperava uma ruína romana, com termas, templos, estátuas e pisos de azulejos com cenas da mitologia grega desenhadas, mas aquilo era um pouco demais. Ou, melhor dizendo, de menos. Isso aqui foi uma cidade? Onde? Como? E as casas, as ruas, as padarias, as praças, a delegacia, onde eram? Como entender a lógica daquele espaço?

Aos poucos, porém, Sofia foi me explicando as coisas. Para começar, ela disse, qualquer ruína em regiões desertas, ou mesmo temperadas, como o Mediterrâneo, o Oriente Médio ou o norte da África, tendem a ficar muito mais conservadas ao longo do tempo. Nos trópicos, a realidade é outra. Veja só as cidades maias, ela lembrou. Há verdadeiras metrópoles ainda por serem descobertas, porque a mata úmida cobre tudo, devora tudo. E, mesmo numa cidade maia, o que sobra são apenas construções de pedra, os templos e palácios, porque as moradias populares, de barro, tijolos ou madeira, desaparecem muito rapidamente. Depois, você precisa levar em conta que a tentativa de recriar a cidade marroquina de Mazagão na Amazônia jamais foi realmente bem-sucedida. O estabelecimento da vila sofreu atrasos, teve gente que se recusou a viver aqui, houve deserções. O solo era molhado, impróprio para abrigar uma cidade. A maior parte das casas recebia cobertura de sapé, em vez de telhas, os alicerces eram rasos, elas tinham paredes de taipa, não de pedra, uma solução que, se tivesse sido adotada, teria ajudado muito na conservação. Mas taipa e sapé, ela reforçava, nesse clima? Uma vez abandonadas, as construções desaparecem num instante...

Chegou a haver um período de alguma prosperidade, ela ressalvou, mais ou menos entre o fim de 1773, quando quase duzentas famílias viviam aqui, e o começo do século XIX. Chegou-se a produzir até que bastante, e o que se colhia ajudava a abastecer Macapá e Belém do Pará. Mas as condições nunca foram fáceis, armazenar colheitas era sempre um desafio e, quando uma série de epidemias, principalmente de cólera, dizimou parte da população, os que sobreviveram ficaram realmente assustados. Originários da Mazagão marroquina, de clima seco, os moradores naturalmente desconfiavam da insalubridade da região e se incomodavam com a umidade opressiva da floresta amazônica e sua profusão de insetos e animais peçonhentos. Há não poucos registros de safras colhidas e armazenadas que apodreceram, por conta do clima úmido, antes que pudessem ser embarcadas para Macapá ou Belém. E foi assim, Sofia prosseguiu, que a partir de um certo momento, mesmo as pessoas mais otimistas começaram a ir embora, o foro de vila foi perdido e, lá por meados do século XIX, já não havia ninguém vivendo aqui. Hoje, então, ela continuava, se fizermos a conta, estamos falando de mais de 150 anos desde que as últimas pessoas foram embora de uma pequena cidade em plena selva amazônica. É mais do que natural que, na superfície, poucos sinais tenham sobrevivido.

Mas, Sofia continuava, esse é justamente o trabalho dos arqueólogos: escavar, cavar, recolher objetos, ferramentas, fragmentos, observar as sutilezas do terreno, buscar o que está escondido sob o solo, reconstruir (em modelos, não literalmente) o que havia em determinado lugar, comparar, analisar, confrontar evidências do local com o que dizem os documentos escritos. E você vai se surpreender, meu caro, ao final de sua estadia aqui com a gente, com o quanto nós já descobrimos sobre a vida, sobre a rotina dessas pessoas que viveram, que amaram, que festejaram, que rezaram, que se casaram e tiveram filhos, que sofreram e choraram e que, em muitos casos, morreram e foram enterradas aqui. Não poucas delas nascidas, por incrível que pareça, dentro das muralhas de pedra da distante Mazagão marroquina.

Era evidente, em Sofia, uma preocupação em ser atenciosa, em cuidar do visitante paulista. Mas eu não percebia nela, naquele momento, qualquer sentimento mais profundo, ou atração mesmo, em relação a mim. Eu achava que Sofia simplesmente percebia o quanto eu era ignorado pela maior parte da equipe e, movida por sentimentos de compaixão e de obrigação (afinal, ela era o meu elo com aquilo tudo), se esforçava para que minha vida fosse a melhor possível no acampamento. De minha parte, porém, claramente ia crescendo, cada vez mais, a atração que eu sentia por ela. Sofia a cada dia parecia mais bonita, ou, mais do que isso, não sei se encontro a expressão certa, mais luminosa: os olhos brilhavam mais, o rosto brilhava mais, o sorriso brilhava mais. Ela se tornava, a cada dia que passava, uma pessoa mais interessante.

E havia em mim aquela sempre presente dúvida com relação ao possível parentesco dela com André Giraud. E foi assim que, durante uma pausa depois da chuva, no acampamento, quando o céu voltou a se abrir, e em que as circunstâncias do acaso nos levaram a descansar, só nós dois, sentados à sombra de uma grande árvore amazônica (que ela sabia de que espécie era, e me contou, mas que eu já me esqueci), inventei a oportunidade, criei coragem e disse que tinha uma coisa para perguntar a ela. O que é que você quer saber?, ela respondeu, virando o corpo na minha direção, relaxada, suave, um meio sorriso, apoiando o queixo sobre as mãos. Então, finalmente, eu fui direto: Você é parente de um sujeito chamado André Giraud? Sofia empalideceu e perdeu, no ato, o ar relaxado que demonstrava até aquele momento. Ela recuou e retesou o corpo, ficando com o aspecto inequívoco de quem levou um enorme de um susto.

O que você sabe sobre meu pai?

De certa forma, mas não, não exatamente, eu respondi, falando sem nexo, atrapalhado com a pergunta à queima-roupa de

Sofia, sem saber muito bem como avançar com a longa explicação que precisaria ser feita. Então, sem coragem, eu parei naquele ponto, esperando que Sofia insistisse, mas ela não falou mais nada, eu não disse mais nada, ela se recompôs, o assunto esfriou e desapareceu, até cair, no minuto seguinte, num aparente estado de esquecimento.

No fim das contas, acabei passando uma semana inteira no sítio arqueológico de Mazagão Velho. O que, de um ponto de vista meramente prático, foi um exagero porque, para o meu trabalho, os três dias inicialmente previstos teriam sido mais do que suficientes, pois não havia muito o que um leigo como eu pudesse aprender ali em mais do que um par de dias, e tampouco havia qualquer coisa de útil a fazer em meio às escavações (atrapalhar eu poderia, e de tantas maneiras que fico até com preguiça de fazer uma lista). Eu olhara os mapas e as antigas plantas da cidade, entendera o que era o quê, onde era a antiga igreja matriz, a praça, o traçado das ruas, e compreendera onde e o que os arqueólogos estavam escavando e procurando.

Cristiana Arruda, a professora responsável pela equipe amapaense, chefe e orientadora de Sofia, chegou antes do previsto, logo no segundo dia. Ela foi muito simpática, deu a prometida entrevista, me contou e explicou tudo o que, em boa parte na realidade, Sofia já havia contado e explicado. Cristiana era magra, baixa, usava cabelo cortado bem curto, estilo máquina dois, algo assim, e com a cor já entre cinza claro e completamente branco. Era agitada, falava rápido, gesticulava bastante. Depois daquela conversa inicial, sentados a uma mesa, sob a lona do refeitório, ela fez questão de me conduzir em um longo passeio por todas as instalações e áreas de escavação, e o bate-papo, nesse ponto, ficou mais informal.

Foi a professora Cristiana quem montou, praticamente do zero, o CEPAP. Mineira de Sete Lagoas, viúva e sem filhos, trabalhou no Museu de Arqueologia da USP, onde se especializou em cultura Marajoara, tema no qual se doutorou. Por conta disso, tomava parte com alguma frequência de escavações no Pará e no Amapá, tinha muitos contatos na Federal de Macapá. Assim, quando o Departamento de História da universidade decidiu desmembrar a área de arqueologia, criando o CEPAP, foi um passo natural, para ela, prestar concurso para assumir a direção. Aprovada, mudou-se para Macapá. E arqueologia, no Amapá, ela contou, era quase totalmente pesquisar a cultura Marajoara e de outros povos indígenas (ela me perguntou se eu já tinha ouvido falar do Parque Arqueológico do Solstício, no norte do estado, eu disse que não, ela me falou que eu precisaria conhecer, pois era muito interessante, era uma ocupação de pelo menos dois mil anos de idade ainda cercada de muito mistério, uma espécie de Stonehenge brasileiro).

De todo modo, para Cristiana foi uma alegria quando surgiu o projeto Mazagão, pois arqueologia urbana e do período colonial era quase inexistente no estado. Os pernambucanos foram convidados justamente porque supostamente tinham mais experiência em pesquisas desse tipo. De certa forma, ela completou, parte do trabalho dela, nesse projeto, era acomodar o relacionamento entre pernambucanos e amapaenses. Apesar de alguns curtos-circuitos esporádicos, porém, ela concluiu, as coisas estavam andando bem, pois os dois times eram competentes e estavam comprometidos com a pesquisa. Durante cerca de uma hora ela me pajeou por ali, e, enquanto estávamos juntos, mesmo os antipáticos me cumprimentavam com educação. Terminamos tomando um café, ela se despediu, pois tinha assuntos urgentes a tratar e disse que, se eu precisasse de alguma coisa era só procurá-la, mas que, de qualquer forma, ela havia sido informada de que Sofia estava cuidando muito bem de mim.

A verdade é que eu já estava ali há um bom tempo, mas não queria ir embora de jeito nenhum. Não queria deixar aquela bolha de felicidade isenta de prazos, de telefone tocando, de cobranças e, a cada dia que passava, eu cada vez menos queria deixar de ter a possibilidade de olhar para Sofia, ainda que de longe, o dia inteiro, e poder conversar, vez ou outra, a sós com ela. Foi ali, naquelas conversas, em que ela falava principalmente sobre projetos e planos futuros, e um pouco sobre a infância, que eu comecei a conhecê-la de verdade. Eu já escrevi que gostava cada vez mais de Sofia, e cheguei sem demora à conclusão que a aura que ela emitia me fazia um bem enorme. Sim, apesar do desconforto do acampamento e da antipatia da maior parte da equipe, aquela demora da voadeira estava sendo uma bênção. Eu estava feliz em Mazagão Velho, mesmo com o calor, os mosquitos, as noites desconfortáveis na barraca e a comida ruim. Indo embora, o mais provável é que eu nunca mais voltasse a ver Sofia, que permaneceria ali, no meio da mata, trabalhando nas escavações, enquanto eu, chegando em Macapá, voaria sem demora para São Paulo, onde logo estaria de volta aos meus turbilhões cotidianos.

Finalmente, num certo dia, perto da hora do almoço, foi com tristeza que vi um grupo de pessoas, com mochilas e caixotes, saindo da trilha e entrando no acampamento. Sinal de que a voadeira havia chegado. Hora de ir embora. Eu já estava prevenido, com tudo empacotado na mochila, fui então me despedir de todos, de cada um da equipe, até mesmo do pessoal de Pernambuco. Logo depois, já seguindo pela trilha, qual não foi minha surpresa ao ver Sofia vindo, correndo, esbaforida, com suas coisas, para embarcar também. Você também vai?, perguntei. Sim, tenho umas questões de emergência para resolver em Macapá e a professora Cristiana me liberou. Só volto para cá daqui umas duas ou três semanas. Emergência?, insisti, meio incrédulo, meio sem entender. Ela então respondeu apenas que, sim, que era uma emergência, mas que agora não dava pra falar, que depois me explicaria.

16

26 de setembro de 1997, 18h30.

Estou em algum lugar na margem esquerda do Rio Branco, não muito longe, provavelmente, do encontro deste com o Rio Fresco. Como não tenho nada mais pra fazer, escrevo estas linhas: saí de casa anteontem cedo, um beijo na mulher, outro na filha, já arrumadinha com a roupa da escola, cara de sono, as duas ainda sentadas, tomando café da manhã, e fui para o campo de pouso. Precisava fazer um transporte de um garimpo perto de São Félix. Zé Maranhão. Não sou de premonições, de coisas do outro mundo, de sextos sentidos, mas sou obrigado a confessar que me bateu um arrepio quando olhei as duas, pela última vez, antes de fechar a porta de casa atrás de mim. E, no entanto, era para ser só mais um voo de rotina. Besteira. Não existem voos rotineiros no garimpo. Eu já sobrevivi a três acidentes, com este é o quarto, nada muito fora da média dos meus companheiros. Já perdi um bocado de colegas, inclusive um que era muito bom piloto, o Fino, o melhor de todos. Ex-FAB, ex-Varig. Um craque, o Fino. Se estourou todo, que pena que deu. Eu já estava pensando seriamente em parar. Minha mulher vinha insistindo muito pra que eu saísse disso. Mulher fala muito, toda mulher fala, mas acho que ela tem razão. Eu estava decidido mesmo a parar. Não sou supersticioso, ou quase, pois já vi umas bruxarias por aí, mas acho que as piores coisas acontecem quando você decide que vai parar, aquela coisa de viagem final, de última missão. Tive amigos na guerra, no Marrocos e na Argélia, que morreram justamente quando estavam na missão final, antes da dispensa. Um primo meu, paraquedista, morreu na Indochina, em Dien Bien Phu, em sua última missão. Não éramos próximos, mas aquilo me marcou. Não sei não, mas acho que isso de missão derradeira, de viagem de despedida, isso acaba atraindo má sorte.

E a viagem de ida até o garimpo foi tranquila, sem incidentes. Mas a de volta, em compensação, pois é, aqui estou...

Escrevo estas palavras com fome, com dores por todo o corpo, com meu pé inchado (com certeza quebrado em mais de um lugar). Mas tenho certeza de que serei encontrado. Ou quase. Não achei que tinha me desviado do curso, mas talvez tenha. Começo a desconfiar que não estou no Rio Branco e, se não estou nele, não sei onde estou. Escrevo para matar o tempo. Isso aqui não é nenhuma carta-testamento, nada disso. Pelo menos não é pra ser. Ou não ainda. Tenho água limpa e alimento pra mais dois dias e, quanto à água, se acabar, posso tomar do rio. Comida vai ser mais difícil, porque estou machucado e vai ser complicado sair pra caçar. Sempre tive muita sorte, ela não iria me abandonar bem agora. Pensar positivo, isso sim. O negócio é não desanimar e esperar. E, enquanto espero, escrevo.

Se sair daqui com vida, vou parar. Parar mesmo. Está mais do que decidido. Já chega disso. Minha mulher tem razão. Detesto admitir quando ela tem razão, mas às vezes tem. Já juntei um dinheiro razoável, posso — de novo — mudar de vida. Já mudei tantas vezes. Voo para garimpo é perigoso demais, outro dia comentei com uns colegas que temos o perigo sem ter o glamour de pilotos de caça. E aí eles não sabiam o que era glamour! Mas sabem matemática, sabem contar, eu sei contar, e perdemos a conta de quantos companheiros já partiram dessa pra melhor. Os pilotos são bons camaradas, são sim.

É... de repente pego mulher e filha e volto pra São Paulo, vou atrás de trabalho, lá, como piloto de táxi-aéreo. Ou como instrutor. Meu amigo e antigo comandante Yuri mora em Atibaia, conhece todo mundo, ele pode ajudar a me empregar como instrutor no aeroclube de Bragança Paulista, ou em alguma empresa de táxi-aéreo, sei lá, qualquer coisa. Aqui não dá mais. É infinitamente mais seguro voar no sul, no sudeste, até no nordeste mesmo. Já voei na Bahia, no sertão. Muito mais estrutura. Perto disso aqui, o sertão da Bahia parece a Europa. Parar de voar, não paro. Peguei gosto pela coisa. Não, mais que gosto: me apaixonei!

Agora que já parou de chover, vou parar de escrever, preciso acender uma fogueira. A noite não demora a cair e não posso deixar que anoiteça sem fogo. Pra poder esquentar água, ter um pouco de luz e espantar os bichos. Com luz, dou tiro no que aparecer, mas no escuro é complicado, e é à noite que os piores predadores ficam rondando por aí, atrás dos trouxas. Isso que falam de onça ter medo de fogo é mentira, é coisa de quem só viu onça na televisão. O fogo não espanta, mas é útil, facilita pra ver a bicha. Não tenho barraca ou abrigo. Consegui tirar algumas coisas do avião, mas a minha velha barraca de campanha eu não consegui. Com fogo aceso, ninguém me pega. Alguma onça que se meta a besta comigo, ela vai ver. Já cortei muito pescoço de terrorista árabe. Com pé quebrado e tudo, só preciso de uma faca.

Argel vista do alto, Argélia

17

Depois de Mazagão Velho, lá estava eu, de novo, em Macapá. Ainda na viagem de volta, na voadeira, sentada ao meu lado, Sofia me perguntou quantos dias eu poderia ficar no Amapá antes de voltar para São Paulo. Suspeitando algum interesse dela, que eu evidentemente compartilharia, respondi que esta era uma questão em aberto, que talvez eu pudesse esticar minha permanência em até uns dez dias, pois sempre poderia argumentar, com o pessoal da produtora, que estava fazendo pesquisas para o projeto e, para acalmá-los, poderia ir enviando uns textos. Se você pode ficar dez dias, serão dez dias, ela disse. Se puder ficar mais, ficará mais. E pode cancelar a reserva do hotel, porque você vai ficar na minha casa.

A distância, a reserva, aquele profissionalismo meio frio de Sofia nos primeiros dias, agora, na volta a Macapá, haviam desaparecido completamente. Claro que já ocorrera uma mudança em Mazagão, mas lá tinha muita gente, ela estava trabalhando de um lado, eu fuçando de outro, então não deu para sentir muito. Mas, assim que saímos do acampamento, a alteração no comportamento dela foi instantâneo. De um momento para o outro Sofia se transformou, era outra pessoa. Na primeira noite, comemos um sanduíche que compramos no caminho da casa dela, bebemos e conversamos até não sei que horas. Estava rolando um clima, as coisas entre nós haviam mudado, e ambos estávamos gostando da novidade. Não que ela estivesse apaixonada por mim, não é assim que eu via. O que ela estava, eu achava, era curiosa a meu respeito e, de qualquer forma, eu já não era mais um estranho. Eu, por outro lado, posso dizer que já estava hipnotizado e apaixonado.

Passamos juntos o segundo dia inteirinho, cozinhamos, a pior e, ao mesmo tempo, a melhor macarronada que já comi na vida, massa vagabunda, com ovos, temperada com molho de tomate de lata, daquela marca do elefante. Para complementar, algumas salsichas. Não é que Sofia e eu fôssemos dois sem-noção gastronômicos. É que, quando bateu a forme, ficamos com preguiça de sair e ir ao mercado, e o macarrão, o molho e as salsichas eram as únicas coisas que puderam ser encontradas na despensa da casa dela. E nem sequer nos preocupamos em olhar as datas de validade, as quais, pela aparência das latas e dos pacotes, estavam provavelmente vencidas. É claro que, naquele dia, a comida era a menor de nossas preocupações. Falávamos sem parar, ambos ansiosos por conhecermos melhor um ao outro, e ela fazendo fofoca do pessoal da faculdade e dos pernambucanos, eu contando as agruras da minha vida em São Paulo, mas nós dois procurando deixar tudo leve e engraçado, pois nosso propósito era deixar as tragédias de fora e rir, curtir e celebrar. Ou seja, temas pesados e questões familiares não tiveram lugar naquela noite.

A casa de Sofia era deliciosa. Clássica, dos tempos de uma antiga e já quase extinta Macapá, tinha um quintal grande, com muitas árvores, algumas de tamanho considerável, incluindo mangueiras, jaqueiras, um flamboyant enorme (você sabia, ela me perguntou, que os flamboyants, apesar de parentes próximos de árvores brasileiras como o pau-brasil e o pau-ferro, na verdade, são nativos de Madagascar e chegaram ao Brasil vindos do caribe?). Ainda que velha, a casa estava razoavelmente em ordem, e tinha aquela coisa de pé direito alto, de portas e janelas que iam até lá em cima, a sala espaçosa. O piso, ela me mostrou rindo, era de pinho-de-riga, um absurdo, madeira europeia em plena Amazônia! Não era tão rara, antigamente, essa prática por aqui, ela disse. Os ricos do Amapá, do Pará e do Amazonas gostavam de ostentar, e usar pinho-de-riga no chão era uma excelente maneira de fazer isso. A cozinha era um pouco precária, com um veterano fogãozinho de quatro bocas e uma geladeira que já conhecera dias melhores, mas tudo funcionava.

A casa, na verdade, era de uma amiga de Sofia, colega da faculdade, que a herdou do pai, que a herdou do avô, um sírio, comerciante de tudo, de secos e molhados a armas, ferramentas e tecidos, e que foi consideravelmente rico em seus dias de glória. O comércio de toda a região norte, Sofia me contou, durante certa época foi praticamente dominado por levantinos, principalmente sírios e libaneses. Este avô da amiga fazia parte de uma vasta rede de irmãos, em que o mais velho, baseado em Belém, abastecia os demais, um em Santarém, outro em Manaus, um outro em São Luís, mais um em Altamira, incluindo, claro, o avô da amiga de Sofia em Macapá. Todas as lojas se chamavam Salim e Irmãos, embora, na prática, fossem negócios independentes, ainda que interligados. Mas o fato é que a amiga, vivendo sozinha em uma casa enorme para ela, mas sem querer vendê-la, ou deixá-la por uma acomodação mais racional, chamou Sofia para morar junto porque, além da companhia, teria alguém para ajudar com as contas. Ocorre que, havia mais ou menos uns três meses, esta amiga viajara para a França, para fazer o doutorado no Musée de l'Homme, e Sofia ficou sozinha, provisoriamente, naquele casarão. Naqueles dias, ela ainda não sabia se convidaria alguém para morar com ela, enquanto a dona da casa estivesse na Europa, ou se continuaria a encarar a vida ali, por conta própria. De um jeito ou de outro, porém, a situação para mim, naquela minha segunda passagem por Macapá, bem mais do que cômoda, era perfeita.

No terceiro dia Sofia me disse, logo cedo, que à noite o jantar seria tarefa dela. Eu concordei, pois diante de sua ênfase não tinha como ser diferente, mas respondi dizendo que, oquei, então a louça seria minha. À tarde, ela havia me deixado sozinho na casa, onde fiquei anotando ideias a respeito do roteiro. Solitário pela primeira vez em não sei quantos dias, pude pensar com calma no filme, reconsiderar soluções anteriores, encontrar algumas saídas para problemas que antes pareciam intransponíveis e, quando me cansava um pouco, tinha, através da janela, a vista deliciosa daquele quintal, daquelas árvores enormes. Foi uma tarde adorável e, quando Sofia voltou, trouxe com ela duas garrafas de vinho verde do Minho e uma série de ingredientes estranhos e perfumados. Hoje é por minha conta, ela reforçou, toda animada. Me levou uma cerveja gelada, me disse para continuar trabalhando e que me avisaria quando tudo estivesse pronto. É claro que não obedeci. Antes de mais nada, porque estava louco para ficar com ela. Fechei o notebook e fui para a cozinha, onde me propus a ajudar, mas ela não deixou que eu interferisse no preparo, então me limitei a abrir o vinho e servir a nós dois, a pôr a mesa, e a observá-la.

O que você está preparando?, eu perguntei. Pato no tucupi, ela disse (que era pato, eu obviamente já tinha percebido). Aprendi a receita com minha mãe. É a única comida mais ou menos sofisticada que sei fazer. Todo mundo sempre elogia muito, espero que você também goste. Quando finalmente começamos a comer, fui invadido por um sabor estranho, meio adstringente e que pegava um pouco na boca, mas era interessante e, depois de umas três ou quatro garfadas, eu já aprendera a gostar. Ainda não havíamos aberto a segunda garrafa quando Sofia aproveitou uma pausa na conversa, olhou diretamente para dentro dos meus olhos e disse: agora vamos falar de meu pai. Quero saber tudo o que você sabe a respeito dele, por que é que sabe, e como é que sabe. Ela já tinha mencionado alguma coisa a respeito da infância, da mãe, de algumas amiguinhas da escola. Mas aquela foi a primeira vez, desde nossa conversa sob a árvore, em Mazagão, que ela pronunciou a palavra "pai."

Respirei, tomei um gole, respirei de novo e comecei a contar, com o máximo de detalhes, toda a minha história, ou, melhor dizendo, toda a minha história com meu pai, e toda a história que meu pai me contou, de como ele e o pai de Sofia se conheceram no Mato Grosso, das situações que passaram por lá, das conversas que tinham sobre a Argélia, sobre a guerra de independência, falei do sentimento de exílio que ambos compartilhavam, dos debates que travavam sobre Santo Agostinho, sobre Camus, contei sobre até que ponto, segundo meu pai, eles concordavam e discordavam a respeito de tudo isso. Falei sobre os contatos que continuaram a manter depois do Mato Grosso e que, embora raramente se encontrassem, eu tinha certeza de que um gostava muito do outro, e contei sobre o que eu sabia a respeito do momento em que o pai dela mudou-se para o Pará e se tornou piloto do garimpo, e de como, a partir de certo momento, os contatos entre meu pai e o dela cessaram e, finalmente, que meu pai me disse acreditar que André Giraud havia morrido num acidente aéreo na Amazônia.

Sofia ouviu tudo sem me interromper, em silêncio, atenta. Quando terminei, ela falou: Isso, de nos conhecermos agora, e de você e eu termos alguma relação com meu pai, que afinal de contas não era nenhuma celebridade, é uma enorme, gigantesca, coincidência. E então ela continuou, porque era a vez de Sofia começar a falar sobre o pai, a vida dele, as relações dela com ele e dele com a mãe. Falou sobre o desaparecimento de André Giraud, num voo ordinário que era para ter sido só mais um, que nem o corpo e nem o avião jamais foram encontrados, e que isso aumentou a dor, pois durante muito tempo ela e a mãe nutriram esperança de que, por algum milagre, o pai fosse localizado, resgatado e entrasse pela porta. Mas depois de alguns meses sem qualquer notícia, as duas acabaram por aceitar a ideia da morte de Giraud. Ela falou também da mãe, um doce de pessoa, mas com quem se dava melhor à distância. Sim, a mãe estava bem. Era professora aposentada e André deixara um razoável pé-de-meia, incluindo algum dinheiro no banco e três pequenas lojas em Santarém (recebidas como pagamento de um negociante de ouro), que a mãe alugava. Somando tudo, mais o fato de que a mãe não conseguia ficar parada e era uma quituteira bastante solicitada, ela não só conseguia ter uma vida confortável, ainda que sem excessos, como ainda ajudava Sofia sempre que preciso, para comprar alguma coisa, para alguma viagem, para o que fosse necessário, enfim (nota: num daqueles dias, presenciei por acaso uma ligação de Madalena para Sofia, e pude testemunhar uma conversa leve, absolutamente banal entre mãe e filha, com risos, menções a fatos desimportantes e juras de saudades mútuas).

Passada a fase dos monólogos, meu e dela, a conversa evoluiu para os diálogos. Eu comecei falando de meu velho amigo Pedrão Preto, de que em um dos capítulos de sua vida ele viveu como mecânico de aviões no garimpo, e de como, ouvindo as histórias de Pedrão, eu passei a compreender o quanto aquele universo era perigoso e, consequentemente, o tipo de vida extremamente arriscada que o pai dela tivera. A conversa foi mudando para um assunto, para outro, e foi assim que passamos a noite, ela falando, eu ouvindo, eu falando, ela ouvindo, nós dois fazendo uma ou outra pergunta, balbuciando hum hum, nos comovendo com alguns relatos de um e do outro, rindo juntos em não poucos momentos. O vinho verde não deu nem para o começo, passamos para um tinto do Rio Grande do Sul e terminamos com cerveja em lata. O fato é que a noite voou e, quando nos demos conta, a luz muito forte do sol do Amapá já vinha entrando pelas venezianas das grandes janelas da casa. Depois do susto com a chegada da luz, caminhamos até a varanda, abraçados, vimos o sol acabar de nascer e em seguida fomos, os dois, para a cama. Fomos dormir, apenas. Estávamos cansados e bêbados demais para qualquer outra coisa. Mas, sabíamos, estávamos apaixonados um pelo outro. Não precisávamos falar nada, nós simplesmente sabíamos.

Quando acordamos já era quase meio-dia. Minha ressaca era indescritível, a boca seca, a cabeça mais pesada do que um cofre, tudo doía, de lado a lado, de alto a baixo. Sofia acordou um pouco antes de mim, e seu estado não era muito melhor. O que não impediu que nos cumprimentássemos com um abraço longo e apertado, e que fôssemos, em seguida, de mãos dadas, nos sentar um pouco num banco de madeira à sombra de uma jaqueira no quintal, levando um grande jarro de água gelada, e nos deixássemos ficar, sem fazer nada, apenas de mãos dadas, olhando para o quintal, curtindo a ressaca e, em silêncio, cada um digerindo por sua conta tudo o que havia sido conversado, tentando entender o que sentíamos um pelo outro e adivinhar o que iria ser de nós dois, no futuro.

O que ouvi de Sofia, na noite anterior, não foi pouco. Tamanha proximidade e intimidade eu sentia que parecia até que já nos conhecíamos há muitos anos. E eu me lembrava de tudo o que ela havia me contado. Quando se está disposto, é impressionante o quanto se pode absorver de informação. Mesmo um pouco bêbado, mesmo quando se está apaixonado e o movimento dos lábios de quem fala fica mais atraente do que o que está sendo falado.

18

A Argélia nunca havia sido um objeto de especial interesse para mim. Ela era, assim como acredito que seja para quase todos os brasileiros, só mais um país africano. É impossível imaginar uma cena na qual, estando um grupo de amigos diante de uma mesa de bar, bebendo e conversando, um deles, de repente, diga: "Ah, sabe o que eu acho interessante na Argélia?" Se for Egito, África do Sul, Angola, Quênia, Marrocos, até Etiópia, o lar espiritual dos rastafaris, tudo bem. Mas Argélia? Esse país, na cabeça da maioria das pessoas que conheço, faz parte daquela massa indefinida e vaga em que estão, por exemplo, Níger, Zâmbia, Gabão, Chade... Tudo bem, sabemos que a Argélia existe, provavelmente já vimos a seleção deles em alguma Copa do Mundo, alguém mais familiarizado com arquitetura se lembrará que Oscar Niemeyer projetou os prédios da nova Universidade de Argel, e um fanático por futebol saberá que o ex-jogador francês Zidane tem origem argelina. Mas não haverá muito mais que as pessoas saibam dizer.

Para mim, é verdade, havia as histórias de meu pai sobre seu amigo argelino André Giraud, e junto vinham as questões da guerra colonial e do exílio. Mas, em princípio, isso não soaria muito diferente caso o amigo tivesse origem e houvesse sido expulso de Angola, da Rodésia (hoje Zimbábue), da Indochina Francesa (hoje Vietnã) ou, enfim, de qualquer um dos países descolonizados a partir da segunda metade do século XX. Foi somente a partir do que Sofia me contou sobre o pai, naquela noite em Macapá, que a Argélia começou a ganhar contornos mais definidos (e especiais) para mim. Um relato que serviu, também, consequentemente, para dar um novo colorido ao personagem das histórias de meu pai. E, por fim, aquela conversa me fez começar a compreender (ou pelo menos assim pensei), outros personagens, como Albert Camus e Frantz Fanon.

Ah, a Argélia, uma nação que sei ser ensolarada, da qual hoje me sinto íntimo, a ponto de amá-la (ainda que tenha ido perto, mas não lá) e que comecei a conhecer naquela noite em Macapá, ouvindo Sofia falar sobre o pai. Foi surpreendente, para mim, descobrir a trajetória de um país que, desde tempos imemoriais, conheceu de tudo, menos a monotonia. Cada nação do mundo tem sua história e sua marca, mas a Argélia é um caso à parte. É uma história muito antiga, muito rica, mesmo de muito antes de a Argélia, enquanto nação, sequer ser imaginada. A localização geográfica, num ponto privilegiado do norte da África com um vasto litoral mediterrâneo, fez com que muita coisa acontecesse ali, para muitos povos, desde há muito tempo. Etimologicamente, aliás, é a região hoje ocupada pela faixa litorânea da Argélia, da Tunísia e da Líbia que deu origem ao nome pelo qual conhecemos o continente, África.

Eu não poderia continuar esse relato sem fazer um resumo da história da Argélia e da presença francesa naquele país, simplesmente porque eu não conseguiria construir um quadro mais nítido de André Giraud (e de sua filha) sem isso. O que vem a seguir é, basicamente, fruto do que Sofia me contou e de livros que me fez ler. Para os leitores que ameaçarem bocejar diante de fatos geográficos, políticos e históricos, e que chegaram até aqui, eu peço para confiarem em mim, pois garanto que a coisa toda é interessante.

A Argélia atual, em área, é o maior país da África (em população e PIB, porém, está muito longe de liderar qualquer ranking). Olhando-se para o mapa, o país pode ser dividido em três pedaços verticais e em outros três horizontais. Ao longo da costa, a Argélia moderna tem três regiões principais e de dimensões semelhantes: partindo do oeste, na fronteira com o Marrocos, a primeira é a área onde fica a cidade de Oran. Em seguida, no meio, é onde está a capital e cidade mais populosa, Argel. E, seguindo-se para o leste, perto da fronteira com a Tunísia, fica a região em que a principal cidade é Annaba. Todas estas três regiões poderiam, por suas dimensões, ser nações independentes.

A divisão norte-sul é mais óbvia, ou, em outras palavras, mais claramente assentada na geografia. No extremo norte, na faixa litorânea que desce do Mediterrâneo até algumas centenas de quilômetros para o interior, está a Argélia fértil, que atraiu, ao longo dos séculos, fenícios, cartagineses, romanos, vândalos, berberes, bizantinos, espanhóis, árabes, turcos e, por fim, franceses. O clima é ameno, a terra é boa, o regime de chuvas generoso, e pode-se produzir trigo, vinho e frutas cítricas, entre outras coisas. Ao sul da faixa litorânea há uma área de transição, mais seca, na qual alguma agricultura é viável, mas onde o que predomina é a criação de cabras e ovelhas. Finalmente, no extremo sul, que responde pela maior parte do território, estão os desertos do Saara, historicamente habitados por povos berberes, que, muito antes de se converterem ao islamismo, já cuidavam das rotas de comércio (que incluía o tráfico de escravizados) entre a África subsaariana e o Mediterrâneo. Nem fenícios, nem romanos, nem turcos e nem franceses conseguiram, quando tentaram (e nem tentaram tanto assim), exercer um domínio pouco mais do que nominal sobre essa região e seus habitantes. Tradicionalmente pobre, hoje essa região produz petróleo, mas, é óbvio, a maior parte da riqueza não fica para as pessoas de lá.

Apesar de ser um anacronismo falar em "história da Argélia" durante, por exemplo, o Império Romano, o fato é que muitos dos atuais argelinos descendem, genética e culturalmente, de antigos habitantes da região, de modo que ignorar o passado distante pode ser tão perigoso para compreender o país hoje (e o que ele era nos anos 1950), quanto valorizá-lo em demasia. No mínimo porque o que é hoje a Argélia foi uma região ocupada pelo homem (e não só pelo sapiens, mas também por alguns de seus primos, como os neandertais) desde que os primeiros humanos deixaram seu berço original, bem mais ao sul, no chifre da África. Já havia agricultura e utilização de animais domesticados por lá há pelo menos 13 mil anos. E, desde então, aquele pedaço do planeta jamais ficou vazio (de seres humanos). Ao longo dos séculos, povos e mais povos foram chegando, às vezes conquistando e expulsando, mas muitas vezes convivendo e se misturando, com os habitantes anteriores.

Quando André Giraud se perguntava à quem pertencia a terra (como fez muitas vezes em volta do fogo com meu pai, nas noites do Mato Grosso, e também, mais tarde, em inúmeras ocasiões, em conversas com Sofia, criança, que mal compreendia o que o pai queria dizer), havia ali mais do que retórica e ressentimento. Como alguém que nasceu na Argélia, filho e neto de pessoas que também nasceram lá, ele (até porque nunca foi rico) não se via como um "invasor francês". Giraud se considerava simplesmente um elo, um legítimo elo dessa longuíssima corrente que começava na pré-história e chegava a meados do século XX. Ele não se via como alguém que, por fazer parte da população de origem francesa, tivesse mais direitos sobre a terra do que os "árabes", mas (assim como Camus) também não aceitava que tivesse menos. É claro que havia um pouco de forçação de barra em sua retórica, porque ele, na realidade, nunca acreditou que os "árabes" fossem seres humanos realmente iguais aos franceses. É evidente que havia preconceito, que ia da biologia à cultura, um sentimento que só fez crescer conforme a guerra de independência recrudesceu. É evidente que Giraud, assim como muitos *pieds noirs*, acreditavam que os habitantes europeus mereciam ter mais do que os árabes porque eram mais inteligentes, racionais, esforçados, civilizados. Nada muito diferente do ideário colonizador europeu, fosse ele francês, inglês, holandês, português ou espanhol, no mundo todo. E, por mais que não se considerasse um invasor, é claro que era um. E é claro que, apesar de pobre, usufruía de mais direitos do que os árabes, e é claro que as terras de sua família, ainda que pequenas, haviam sido roubadas de ocupantes árabes anteriores. Que diferença fazia se, no passado remoto, as terras haviam pertencido a fenícios ou a romanos? Na prática, foi de árabes que os franceses as tomaram. Mas nada disso faz com que não possamos compreender a revolta e as mágoas de André Giraud.

Quanto a Camus, foi por conhecer toda essa "grande tela," esse vasto cenário de tempo e espaço, que afirmou que a Argélia era uma criação francesa. É claro que Camus viria a ser mal interpretado e duramente criticado, inclusive por seus ex-amigos Jean-Paul Sartre e Simone de Beauvoir. Mas o que ele queria dizer é simplesmente que, embora houvesse pessoas ocupando as terras argelinas desde sempre (e naturalmente desde muito antes da chegada dos franceses), aquelas pessoas, antes, não formavam uma nação coesa, e tampouco se viam como cidadãos de uma pátria. Ou seja, para Camus, a Argélia não havia sido invadida e lutava para recobrar a independência. Para ele, uma determinada região do norte da África, frouxamente administrada pelo império Otomano, foi ocupada pela França, a qual, para efeitos administrativos, criou uma entidade geográfica e política chamada "Argélia." Com o tempo, os nativos daquela região, sob o domínio francês, começaram a se identificar como "argelinos". Um caso, enfim, em que a identidade nacional teria sido criada de fora para dentro, pela ação do colonizador. Pode-se discordar de Camus, mas é inegável que ele tinha um ponto. Quem se opunha a ele sustentava que a Argélia havia sido criada, de fato, pelo Império Otomano, nos primeiros anos do século XVI, quando foi estabelecida a Regência de Argel. Foi esta "regência," então liderada por Hussein Dey, que os franceses derrotaram quando começaram a ocupação da região, em 1830. É evidente que se poderia argumentar, para continuar o debate, que otomanos, originários da Anatólia, apesar de islâmicos, eram tão pouco argelinos quanto os franceses. Mas, claro, trata-se de uma discussão sem fim, na qual todos os lados do debate costumam colocar a ideologia na frente das evidências. E, no fim das contas, Camus não estava sendo muito menos simplista do que Giraud, pois pouco importa se a ideia de "Argélia" era, ou não, uma criação francesa; o fato indiscutível é que os habitantes anteriores daquele território haviam sido desprovidos de suas terras, eram mais pobres, com menos acesso à educação e, em resumo, eram tratados como cidadãos de segunda classe pelos ocupantes franceses.

Quando os franceses atacaram Argel, em 1830, não havia para eles um claro propósito colonialista. Na realidade, não havia praticamente propósito algum. A invasão ocorreu basicamente sob dois pretextos: o primeiro era a afirmação de que já era mais do que tempo de se acabar com a pirataria e o tráfico de escravizados (brancos) no Mediterrâneo, praticada por "árabes" a partir de portos argelinos. O segundo pretexto era o fato de que, alguns anos antes, o Dey (governador) de Argel teria humilhado, numa audiência, o embaixador francês, fato jamais digerido pelo governo da França. Na prática, porém, a invasão ocorreu por uma das mais repetidas e surradas causas pelas quais as guerras começam: um rei impopular, Charles X, tentava criar um inimigo externo para reverter sua situação interna desfavorável e permanecer no trono. Ele ordenou a invasão e a Argélia foi ocupada com relativa facilidade, mas o plano do rei não deu certo, pois ele continuou com pouco prestígio e perdeu o trono logo depois.

Voltando aos pretextos oficiais: quanto ao combate à pirataria argelina, isso era, na melhor das hipóteses, uma meia-verdade. A pirataria existia, é fato, e os piratas árabes continuavam a praticar o que seus antepassados (e os antepassados dos cristãos) sempre praticaram, desde os tempos em que fenícios e gregos dividiam o Mediterrâneo: atacavam navios para roubar cargas e sequestrar passageiros. Desde tempos imemoriais, os cativos mais pobres eram vendidos como escravos, ao passo que os nobres, ricos ou funcionários graduados eram mantidos em cativeiro à espera de resgate. Mas a realidade é que o governo do Dey de Argel, que vinha sendo duramente pressionado pelas potências ocidentais, já não vinha mais endossando essa atividade e, ainda que com as limitações impostas pela notória fragilidade de seu aparato estatal, vinha tentando combatê-la.

Com relação à tal crise diplomática, não há a menor possibilidade de sequer se argumentar que havia alguma meia-verdade. Durante a Revolução Francesa, o Dey de Argel forneceu alimentos e armas para os exércitos revolucionários e, consolidada a queda de Luís XVI, nenhum novo governo francês (e não foram poucos) assumiu a responsabilidade pela dívida, que não era pequena. E então, durante uma audiência em Argel, em abril de 1827, quando o Dey recebeu Pierre Deval, o embaixador da França, para tratar do tema, em algum momento, com os ânimos já exaltados diante da recusa do embaixador em reconhecer a dívida francesa, o Dey teria atingido a face de Deval com seu abanador. O indignado embaixador teria então abandonado a audiência (e Argel), iniciando um processo de rompimento diplomático e fornecendo o principal pretexto que o governo francês precisava para levar adiante o ataque. A França, segundo a narrativa oficial, havia sido estapeada no rosto, atingida em sua honra.

De um jeito ou de outro, o fato é que, cobertos pelo duplo pretexto de pirataria e humilhação diplomática, no começo do mês de junho de 1830, 675 navios franceses (entre vasos de guerra e barcos de transporte de tropas), levando cerca de 27 mil marinheiros e 37.500 soldados, deixaram o porto de Toulon com destino a Argel. Lá, após um pesado bombardeio naval contra as velhas muralhas medievais da cidade, não houve muito que os cerca de 20 mil combatentes muçulmanos (entre profissionais e voluntários) pudessem fazer contra os mais numerosos, mais treinados e melhor armados soldados franceses.

Para a França, o mais fácil foi vencer a guerra. O que fazer depois é que se tornou a grande complicação. Ocupar? Ir embora? Nomear algum governante local que fosse simpático a Paris? Enquanto hesitava sobre que solução dar ao problema, Charles X foi apeado do trono. Cerca de um mês após a vitória em Argel, Charles já era apenas mais um nome na extensa lista de ex-reis da França (falecido pacificamente alguns anos depois no exílio austríaco, ele não teve do que reclamar, pois, ao contrário de parentes mais velhos, deixou o trono com o pescoço intacto). O problema da Argélia ficou para os sucessores de Charles, que tampouco sabiam o que fazer com aquilo. A hesitação foi atravessando governos, até que, depois da derrota de Napoleão III diante da Prússia, em 1870, a Argélia pareceu o lugar ideal para receber a população francesa das regiões da Alsácia e da Lorena que havia sido expulsa de suas terras e moradias pelos alemães vitoriosos.

Assim, apesar de a Argélia ter se tornado oficialmente francesa em 1830, na prática a verdadeira e massiva ocupação começaria apenas quarenta anos depois. Foi nessa época que os antepassados paternos de André Giraud que, pelo que ele contava, haviam sido originalmente sapateiros na cidade de Estrasburgo, se mudaram para lá (os antepassados maternos, curiosamente, como os de Camus, eram espanhóis das ilhas Minorcas).

E foi aí que tiveram início, de verdade, os problemas. Porque, apesar da invasão, até aquele momento, a população islâmica, ainda que privada de muitos direitos (lembrando que quem era pobre tampouco desfrutava de muitos privilégios sob o domínio otomano), teve suas propriedades preservadas e seu modo de vida relativamente inalterado. Mas, com a chegada de centenas de milhares de novos imigrantes franceses a partir de 1870, o quadro mudou rápida e radicalmente. Não tardaram a se intensificar as disputas pelas terras férteis da faixa litorânea, ao mesmo tempo em que os direitos políticos e econômicos dos "árabes" passaram a ser sistemática e oficialmente ignorados. Uma espécie de apartheid estava nascendo, e qualquer um sabe que regimes baseados em separação, preconceito e opressão só sobrevivem enquanto há soldados e armas em quantidade suficiente para sustentá-los.

É inegável que, dentro das possessões ultramarinas francesas, a Argélia viveu, quase desde o começo, uma situação diferenciada. Quando se tornou independente da França, em 1962, o país já desfrutava de um status não-colonial. Ou seja, suas três províncias litorâneas eram parte integral da Metrópole, elegendo prefeitos, deputados e senadores, votando para presidente e assim por diante. Muito diferente, por exemplo, da Indochina. Mas é também inegável que o problema não era geográfico, e sim étnico, ou, se preferir assim, racial. Os argelinos de origem francesa (os *pieds noirs*), ainda que quando pobres, desfrutavam de plena cidadania francesa, enquanto os argelinos de origem africana (berbere, turca, árabe, etc.), ainda que quando ricos, eram todos cidadãos de segunda classe. Apenas como exemplo, em 1954, quando a França já se esforçava para agradar à população nativa, dos 5.146 estudantes matriculados na Universidade de Argel, menos de 600, ou pouco mais de 10%, eram árabes, que constituíam 80% da população. Uma pesquisa realizada nesse mesmo ano mostrou os resultados de um século e meio do suposto esforço civilizatório francês: 86% dos homens e 95% das mulheres árabes eram analfabetos. O ponto central do argumento de Albert Camus, inegavelmente louvável, era a defesa da plena cidadania francesa, com direito a educação, voto, etc. para os árabes, que o governo francês sistematicamente hesitou e hesitava em conceder. Mas, quando isso finalmente passou a ser considerado com seriedade por Paris, as mágoas e as raivas acumuladas por décadas de desigualdades já haviam crescido além da conta, já era tempo de tiros e bombas, já era tarde demais.

Para protelar a concessão da plena cidadania aos árabes, o governo francês alegava haver um conflito entre a laicidade do estado, com o caráter universalista das Constituições da França (pois houve mais de uma ao longo do tempo), com as práticas regidas pela sharia, a lei islâmica, que os nativos argelinos colocavam em primeiro lugar. Por exemplo, a lei francesa proibia a poligamia, e que meninas menores de idade fossem dadas em casamento para homens mais velhos, duas coisas que a sharia permitia e que os árabes não deixaram de praticar. Por conta disso, havia dois poderes judiciários na Argélia: o tradicional, que alcançava todos os cidadãos, e o islâmico, restrito aos nativos. O governo francês, com boa dose de cinismo, afirmava que não havia preconceito racial, que a cidadania plena seria concedida a qualquer árabe que abdicasse de suas crenças (ou as restringisse ao campo da fé) e aceitasse a soberania das leis do estado laico sobre a lei islâmica, algo que apenas uma pequena minoria de "árabes" estava disposta a fazer. Para fazer justiça ao governo francês, porém, é necessário reconhecer que os poucos nativos que deram esse passo foram de fato reconhecidos como cidadãos plenos (ainda que, do mesmo jeito que os negros norte-americanos tornados livres após a Guerra da Secessão, jamais tivessem se livrado da discriminação). Por outro lado, para complicar um pouco mais, quando um argelino se tornava francês, o que muitas vezes era uma condição meramente pragmática, visando, por exemplo, promoções no exército ou no serviço público civil, ele passava a ser olhado com desconfiança por seus antigos compatriotas, sem que passasse a ser visto como verdadeiramente igual pelos franceses. O árabe que, por assim dizer, se afrancesava, passava a viver em um limbo de duplo despertencimento.

Dessa maneira, não surpreende que, conforme o século XX avançava, e diante da intransigência francesa, a questão caminhasse mais e mais para um beco sem saída, uma trilha de violência que dava força aos radicais de lado a lado. Assim, uma série de movimentos pela total independência de uma Argélia árabe começou a ganhar corpo, impondo-se sobre os grupos mais moderados de nativos, os que vinham desde há muito defendendo simplesmente a extensão da cidadania a todos, sem distinções. Por outro lado, os *pieds noirs*, que há mais de cem anos estavam acostumados a mandar nos árabes, e a contar, com estes, como um enorme estoque de mão de obra barata e praticamente isenta de direitos, resistiam a fazer qualquer concessão, mesmo quando os governantes em Paris apontavam para o caminho da moderação. No começo da década de 1950, o radicalismo de um lado e de outro estava chegando ao auge, e os dirigentes franceses enfrentavam enormes dificuldades para propor qualquer solução que satisfizesse aos dois campos da disputa.

André Giraud, diferentemente de Camus, não era um pensador sofisticado, nem filósofo, nem cronista, nem romancista, nem nada disso. Era apenas um descendente, com alguma leitura, alguma cultura, de franceses pobres da Alsácia que haviam emigrado para a Argélia em busca de uma vida melhor. Giraud, no começo, pelo que meu pai me disse, não desgostava dos árabes, apesar de os considerar, em geral, inferiores (mas, meu pai concedia, o preconceito do amigo não era racial, e sim cultural). Ele conviveu com árabes, tanto enquanto trabalhadores nas pequenas terras de sua família, como em bares, pontos de ônibus, mercados e assim por diante. Teve amigos próximos, e até uma namorada árabe. Antes que a guerra de independência radicalizasse tudo, ele era inclusive simpático à possibilidade de os árabes terem acesso aos benefícios básicos da cidadania que, naquela altura, a Terceira República oferecia aos cidadãos franceses, como educação pública universal de qualidade (a que permitiu que o pequeno Albert se tornasse o grande Camus).

O que Giraud não conseguia mesmo admitir era que aquele pequeno pedaço de terra onde nasceu, que passou do avô ao pai, que foi arduamente cultivado ano após ano por mais de uma geração, e que teria passado a ele e aos irmãos, fosse arrancado da família e entregue a uma família árabe qualquer, sob o argumento de que ela seria a legítima dona daquelas (pequenas) terras. E era aí que o direito ao voto universal e paritário, para os árabes, soava como algo potencialmente destrutivo para o mundo que ele queria preservar. É aquela história: Giraud podia estar certo no varejo, mas estava errado (e condenado) no atacado.

E bem sabemos que, quando as guerras começam, a razão tende a desaparecer. André Giraud se apresentou, foi convocado e lutou. Chegou, inclusive, a se tornar um oficial, ainda que subalterno. E foi assim, depois de presenciar atos de selvageria que não imaginava serem possíveis, de ver companheiros morrerem em emboscadas, de ouvir relatos a respeito de pessoas que conhecia, em Argel, serem vítimas de atentados, e de, ele próprio, ter praticado atos de selvageria (que apenas insinuou a meu pai e a Sofia, sem jamais entrar em detalhes), que o fusível queimou. Giraud percebeu que não era mais a mesma pessoa de antes, que podia e sabia ser cruel, que conseguia matar com facilidade e não sentir remorso. E, ao passar por experiências pessoais para lá de doloridas, de descobrir que não haveria mais um lar para onde retornar, e concluir que aquela guerra estava perdida (pois, mesmo que os franceses ganhassem as batalhas num primeiro momento, a guerra não teria mais fim, pois os dois lados haviam ido longe demais para que pudesse haver, mais tarde, uma reconciliação), ele se deu conta de que ficar significaria apenas aumentar e adiar o sofrimento, e decidiu ir embora. Assim que seu tempo de serviço como militar se encerrou, e pôde dar baixa, André Giraud arrumou as malas e partiu.

Depois de uma breve permanência no sul da França, onde não se sentiu nem um pouco em casa, Giraud, em dúvida entre ir para a Espanha ou para os Estados Unidos, recebeu uma carta de um antigo superior nos Spahis, o major Yuri Lodygensky — um nobre russo emigrado e, como Giraud, um apátrida —, que estava tentando uma nova vida no Brasil, onde fora contratado para um projeto de mapeamento num "rio da Amazônia". Na carta, que Sofia me mostrou em Macapá, Yuri perguntava a Giraud se este não teria interesse em viajar para o Brasil para se juntar a ele na empreitada. É um país maluco e uma missão maluca (*C'est um pays fou et une mission folle*), escreveu Yuri. E em seguida descreveu a vida na cidade fronteiriça em que estava vivendo e na qual fazia os primeiros preparativos para a expedição pelo Rio Pardo. Para meu espanto e deleite, o relato de Yuri tinha um monte de semelhanças com o que meu pai me contaria (e deixaria registrado por escrito, conforme reproduzi acima) muito tempo depois.

A carta de Yuri foi uma verdadeira boia de salvação para o pai de Sofia, pois o alcançou num momento delicado, vivendo uma pesada depressão. Um sujeito que descrevia a si mesmo como alegre, brincalhão, bom bebedor e exímio contador de piadas, perdera o ânimo, não sentia mais ter uma razão para viver. Para trás haviam ficado a casa paterna em ruínas, os parentes e os amigos. Velhos amigos árabes, com os quais convivera desde a infância, inclusive alguns que ele tinha como íntimos, estavam agora afastados, pertencentes a um outro universo, apartado e antagônico e, com eles, nem cartas eram mais trocadas. E a França não o seduzia. Ele não se identificou com as pessoas, com o clima, com nada. Sentia que o olhavam com desconfiança, que, assim que abria a boca e as pessoas identificavam seu sotaque, as expressões mudavam, os rostos se fechavam. Talvez fosse excesso de desconfiança, Sofia conjecturava, mas talvez houvesse alguma verdade naquilo. O fato é que, poucas semanas depois de receber a carta do Brasil, um André Giraud, decidido, com ânimo restaurado, tendo deixado Marselha num navio misto grego, desembarcava no porto de Santos. Dali, seguindo as instruções de Yuri, embarcou num trem e, em pouco tempo, chegou a Presidente Epitácio, onde, alguns dias depois, conheceria meu pai.

Bône. Argélia

19

Sofia era (é) uma pessoa única, apaixonante, daquelas que ficam cada vez mais bonitas conforme se vão deixando conhecer. Imagino que tenha puxado, da mãe, uma leveza brasileira, goiana, mas ao mesmo tempo forte. Do pai, acho que puxou a coragem, o desprendimento e, não menos importante, o pavio curto. Não é muito de contar piadas, se atrapalha com isso (ela normalmente erra a piada, antecipando o desfecho e estragando toda a graça), mas ri muito das que contam a ela. Sofia não é fácil, nunca pretendeu ser. Não se deixa conduzir, faz questão, sempre, de dizer (e mostrar) que é senhora de seus atos e dona de seu destino. Se alguém procura uma mulherzinha delicada, não encontrará isso nela, ainda que a força e a determinação que exibe, em nada a torne menos feminina ou sensual. Mesmo quando sonhamos em viver juntos, esteve sempre claro, para mim, que ela não abandonaria a carreira acadêmica, as viagens, as escavações, nada. O que pudesse ser conciliado, seria, e com entusiasmo, mas ela jamais daria um passo que atrapalhasse seus próprios projetos. Nós compartilhávamos o gosto por beber e conversar até tarde, nenhum de nós dois sabia dançar, éramos péssimos cozinheiros (no caso dela, a exceção era o pato no tucupi, muito bom), mas preguiçosos demais na cozinha para elaborar muita coisa: se pudéssemos ter miojo e cerveja, a diversão estava garantida. Eu lia mais literatura do que Sofia, que, como lia muito na faculdade, acabava fugindo um pouco da leitura por simples prazer. E a leitura literária dela não deixava de ter algum pragmatismo afetivo. Ela adorava, por exemplo, os romances de Paul Bowles, o americano amigo dos *beats* que viveu no Marrocos, que retratavam muito bem a vida dos expatriados europeus e americanos no norte da África (especialmente Marrocos) antes da independência (ela me fez ler todos, eu só conhecia o filme baseado no mais famoso deles, *O Céu que nos Protege*, de Bernardo Bertolucci). Enquanto eu estive em Macapá ela estava lendo *The Last Life*, um romance semiautobiográfico (pelo que me contou) da Claire Messud, uma escritora americana cuja família era de origem argelina *pied noir*. Nosso gosto musical não era idêntico, mas havia um pouco mais de intersecções do que de diferenças, e quase nada do que ela gostava de ouvir eu detestava, e vice-versa, de modo que era relativamente simples gerenciar nossa playlist. Sofia, como eu, preferia situações sociais em *petit comité*, quando se podia conversar com as pessoas, do que com grandes grupos ou festas barulhentas. Ambos adorávamos acordar cedo, ambos amávamos o sol (seria essa, nela, mais uma herança vinda do pai argelino?).

Se desse, eu queria só ficar falando de Sofia e de mim, de nós dois, contar toda a nossa história desde aqueles dias em Macapá, falar de toda a complicação que aconteceu desde então, e de como ainda tenho esperança de resolver tudo. Mas deixo isso mais para a frente, pois o tema que exploro nestas anotações, pensando num futuro livro, é muito mais abrangente, e sinto que sou obrigado a voltar, brevemente, à história da Argélia francesa. Até porque seria impossível entender Sofia (e o pai dela) sem falar dessa história.

Não é fácil hoje, tentar construir uma perspectiva histórica, razoavelmente objetiva, da epopeia da Argélia sob domínio francês, seu começo, meio e fim, mas, de qualquer forma, isso é mais factível agora do que seria para quem viveu naqueles anos e sentiu na pele o calor do momento. Depois da invasão francesa em 1830, dá para delimitar algumas fases importantes, pelo menos sob um ponto de vista simbólico. A primeira, entre a invasão e 1870, é, como escrevi antes, aquela em que os franceses haviam ocupado, mas não sabiam muito bem o que fazer com o país, e na qual a vida dos nativos árabes não mudou muito em relação ao que havia sido até então.

A segunda fase, entre 1870 e a Primeira Guerra Mundial, foi quando, por um lado intensificou-se a imigração francesa e, por outro, na esteira do êxodo rural argelino que se seguiu à crescente troca de donos nas áreas férteis (ou seja, quando os árabes foram sendo paulatinamente expulsos de suas terras), surgiram e frutificaram os movimentos da população autóctone por direitos políticos. E o êxodo rural ajudaria a inchar a periferia das principais cidades, como Argel, de pessoas que, em no máximo uma geração, estariam desconectadas de suas origens tribais e, portanto, prontas a se identificar como "proletárias" e "argelinas". Assim, paradoxalmente, ao expulsar os nativos de suas terras comunitárias e tribais, a França ajudou a fortalecer a criação de uma identidade nacional argelina, algo que viria a fazer toda a diferença no futuro.

Terminada a Primeira Guerra, na qual não poucos árabes argelinos lutaram e morreram nas trincheiras europeias (sem nunca receber o devido reconhecimento por seu sacrifício), as posições dos dois lados foram se tornando cada vez mais extremas. Os movimentos políticos nativos, muitas vezes incentivados pelo Partido Comunista Francês e pela Segunda Internacional, falavam cada vez menos em reformas e cada vez mais em independência. Mesmo os mais moderados já começavam a considerar seriamente a ideia de separação total da França. O máximo que concediam era a possibilidade de uma "comunidade de nações francesas", nos moldes que os britânicos mantinham com Canadá e Austrália.

Desde meados da década de 1930, os colonos franceses já sentiam a necessidade de portar armas para fazer qualquer viagem de carro pelas estradas do país e até mesmo, no caso de muitos agricultores, para simplesmente circular por suas terras. Foi a partir daí que Camus começou a se destacar como uma voz dissidente, a pregar entendimento e tolerância de lado a lado. Mas a chegada da Segunda Guerra adiaria, mais uma vez, o debate argelino. O que não quer dizer, porém, que o que se passava no mundo não viria a influenciar, decisivamente, o que viria a acontecer na Argélia.

Para começar, a vergonha que a França passou, na derrota relâmpago diante dos alemães, em nada ajudou a causa da metrópole e dos colonos em seus planos de manter a Argélia. A partir de 1940, com a queda de Paris, e após uma breve hesitação entre ficar com a Resistência ou com Vichy, a administração argelina optou por ficar subordinada ao último, o regime colaboracionista pró-Alemanha. Mas isso não duraria muito. Com o desembarque dos norte-americanos no norte da África, em 1942, Argel foi inserida na esfera aliada e passou a ser governada por militares ligados às tropas da França Livre do general Charles de Gaulle. Para a população árabe nativa, ficaram duas impressões decisivas: a primeira foi que, a julgar pela facilidade com que fora derrotada pelos alemães, a França não estava longe de ser invencível. A segunda é que os soldados americanos que passaram por lá, a caminho da Europa, exibiam muito mais do que uma riqueza material até então inimaginável para um argelino: eles levavam, nas mochilas, além dos chicletes, dos chocolates e dos cigarros que distribuíam aos populares, o espírito de modernidade e a ideia de liberdade.

Foi nesse clima que se chegou, após a vitória aliada na Europa, à quarta, derradeira e mais sangrenta fase do domínio francês sobre a Argélia. E a nova realidade se impôs bem rápido. Ainda no mês de maio de 1945, enquanto toda a Europa festejava, inebriada, a queda de Berlim, a morte de Hitler e a derrota final dos nazistas, a violência explodiu em Argel, Oran e em outras cidades argelinas. Manifestações árabes pacíficas foram para as ruas com reivindicações moderadas, apenas para serem duramente reprimidas pela polícia, favorecendo, mais uma vez, as lideranças radicais. Do lado árabe, a Frente de Libertação Nacional, FLN, criada em 1950, cresceu vertiginosamente, cooptando ou eliminando violentamente outros grupos pró-independência (incluindo no processo a execução sumária de não poucos líderes e militantes de facções rivais) e partindo para a luta armada. Em pouco tempo, a FLN se apresentaria como a única voz legítima dos nativos.

Do lado francês, mesmo havendo a representação oficial dos partidos políticos a defender os colonos, e mesmo com o governo francês reagindo com mão pesada aos atentados praticados pela FLN, grupos radicais *pieds noirs*, principalmente do interior, achando que a reação governamental era tímida, formaram a Organização do Exército Secreto, OAS, uma milícia clandestina e terrorista cujo principal propósito era não só praticar atentados contra lideranças árabes, mas também contra políticos franceses moderados (que eles consideravam traidores). No futuro, quando os franceses finalmente tiveram que deixar a Argélia, a péssima reputação da OAS não ajudou nem um pouco a integração dos *pieds noirs* à nova vida na metrópole, pois o carimbo OAS acabou marcando a todos, mesmo os que não apoiavam os terroristas. E na realidade, o tempo mostraria que o "carimbo" generalizado não era assim tão injusto: o partido político de extrema-direita Frente Nacional, criado por Jean-Marie Le Pen (ele mesmo um veterano na guerra da Argélia, onde serviu como tenente), teve, e ainda tem, nas famílias de origem *pied noir*, uma de suas principais bases eleitorais. Até hoje, no mapa eleitoral da França, a direita é mais forte no sul do país, justamente a região que mais recebeu refugiados do norte da África.

A guerra na Argélia começou no interior, com os guerrilheiros da FLN emboscando e matando fazendeiros e viajantes. Treinados em campos clandestinos na Tunísia (independente da França desde 1956) e no Egito, eles não eram exatamente amadores, e recebiam armas, enviadas principalmente pela União Soviética, através das mais do que porosas fronteiras com o Marrocos e a Tunísia. A resposta das forças armadas francesas, calejadas pela experiência na recém-perdida guerra da Indochina, foi imediata e pesada. De trinta mil soldados estacionados na Argélia em 1954, passou-se a quase meio milhão dois anos depois, além de 90 mil harkis, que eram soldados argelinos empregados pelos franceses (o destino deles e de seus familiares, previsivelmente, viria a ser o pior de todos após a independência). No total, cerca de um milhão de recrutas franceses lutaria, em algum momento, na Argélia, isso sem falar dos paraquedistas profissionais, veteranos da Indochina, que a partir de certo ponto assumiram o trabalho pesado, entre os quais o de torturar e executar pessoas indesejadas (que incluía militantes franceses de esquerda, pró-Argélia)

A guerra da Argélia, entre outras marcas, seria a primeira no mundo a empregar helicópteros como arma de guerra. Apesar das vitórias militares, os franceses, com a crueldade com que aleatoriamente prendiam, matavam e torturavam (pois todo árabe era, para eles, um inimigo em potencial), estavam perdendo a guerra. Porque em cada aldeia que chegavam, mesmo quando bem recebidos, os soldados franceses costumavam retribuir com violência. São inúmeros os relatos de civis árabes desarmados fuzilados aleatoriamente por soldados franceses.

O resultado era que, ao ir embora das aldeias, deixavam para trás dezenas ou centenas de novos potenciais simpatizantes e guerrilheiros para a FLN. Ninguém alimentou mais as fileiras de guerrilheiros da FLN do que as ações brutais, ainda que temporariamente vitoriosas, do exército francês.

Em todo caso, os seguidos reveses militares, na primeira fase da guerra, levaram a FLN a mudar de estratégia, levando a luta do campo para as grandes cidades. Uma mostra ilustrativa do que aconteceu quando o conflito chegou às ruas de Argel pode ser vista no filme *A Batalha de Argel*, lançado em 1966 pelo cineasta italiano Gillo Pontecorvo (exibido no mundo inteiro com considerável sucesso, a obra foi censurada e não pôde ser vista na França por cinco anos: o tema ainda era muito recente e polêmico para os franceses). Mas o filme é tão instrutivo que, por exemplo, na década de 1970, durante a ditadura militar argentina, o exército costumava exibi-lo para os cadetes da ESMA, a Escola de Mecânica da Armada, como parte do treinamento para os torturadores que eram formados ali.

Em Argel, mais uma vez, a FLN saiu na frente, explodindo cafés e clubes, levando o pavor à população francófona que, vivendo numa típica cidade mediterrânea quente e ensolarada, estava acostumada a circular despreocupada, à vida ao ar livre, às praias, aos restaurantes e bares com mesas nas calçadas. De novo, o governo francês não perdeu tempo, e nomeou Jacques Massu, da 10ª Divisão de Paraquedistas, um general duro e sem escrúpulos, para comandar a repressão. Massu suprimiu direitos civis, incentivou a prática da tortura e, abusando de tudo o que podia, venceu. Mas vencendo estava perdendo. Diante da arbitrariedade e da violência dos militares, nenhum nativo argelino, a maior parte dos quais morava no antigo bairro árabe, a Casbah, admitiria, dali em diante, qualquer composição política com os franceses.

Foi nessa época que Camus, em visita a Estocolmo para a cerimônia em que recebeu o prêmio Nobel de Literatura, proferiu a frase que ficaria tão conhecida quanto mal compreendida. Perguntado se as reivindicações da FLN eram justas, ele respondeu que os guerrilheiros estavam explodindo bondes com civis em Argel, e que a mãe dele, Hélène, usava bondes. Entre a justiça e minha mãe, ele concluiu, fico com minha mãe. Não havia qualquer espírito preconceituoso na afirmação de Camus, qualquer menosprezo pelas reivindicações dos argelinos (com as quais, aliás, ele concordava), e muito menos havia alguma defesa de interesses materiais pessoais: a mãe de Camus, analfabeta, era tão pobre quanto qualquer "árabe" das periferias de Argel. O que Camus defendia era a paz e o diálogo. Mas era tarde demais para isso. Em meio ao barulho ensurdecedor das lutas, das bombas, dos choros daqueles dias, ninguém queria ouvi-lo, ninguém conseguia ouvi-lo.

Quando a situação já parecia sem retorno, Charles De Gaulle, o herói da Resistência e político conservador, venceu a eleição presidencial e, em janeiro de 1959, voltou ao poder na França. Ele era a última esperança para os *pieds noirs*, que contavam com o general para endurecer ainda mais a repressão aos rebeldes e restaurar o antigo status colonial. Logo depois de assumir a presidência, De Gaulle visitou Argel e, numa cerimônia pública, declarou que os compreendia (*Je vous ai compris!*), sem dizer claramente "quem" ele compreendia, e o que de concreto sairia de tal compreensão. Como cada um podia entender o que quisesse, os colonos ficaram felizes e imaginaram que Paris viria decisivamente em seu socorro contra os rebeldes. Mas a esperança durou pouco, pois De Gaulle podia ter lá seus defeitos, mas não era burro. E, avaliando cuidadosamente a situação, logo concluiu que seu trabalho na Argélia seria o de minimizar os danos da retirada francesa, de tentar manter o controle da situação enquanto se negociasse a saída definitiva, pois permanecer lá seria inviável. A partir daí não havia mais volta e, após uma série de referendos e negociações, a Argélia ficaria oficialmente independente no dia 3 de julho de 1962. De Gaulle ainda escaparia de mais de um atentado contra sua vida, todos cometidos por militantes da OAS, mas não mudaria o rumo que havia planejado para uma Argélia independente da França.

Antes disso, em meados dos anos 1950, enquanto a guerra civil argelina escalava rumo a níveis cada vez mais selvagens, André Giraud, depois de algum tempo lutando nas montanhas da Cabília, no interior argelino, estava agora no Marrocos, servindo no 2º regimento dos Spahis, com a patente de tenente. O que ele sabia a respeito do que acontecia na Argélia, além do que ouvia no rádio e lia nos jornais, era o que sua família e alguns de seus amigos contavam, por cartas e em raras ligações telefônicas. Ele ouvia que as terras de seus parentes estavam sendo ameaçadas pelos árabes, que um tio havia sido fisicamente agredido em Constantine, indo parar no hospital, que uma antiga colega de escola de sua irmã havia sido estuprada e morta, no caminho de casa, por militantes da FLN e assim por diante.

Segundo Giraud comentaria com a esposa, décadas mais tarde (e esta contaria a Sofia, já bem depois que ele desapareceu), ele se compadecia de seus parentes, mas ao mesmo tempo conseguia admitir que as reivindicações árabes eram legítimas. Ele comandava soldados de origem humilde, berberes, marroquinos, camponeses do Aurés e de outros rincões da Argélia, conhecia suas histórias, suas dificuldades, a maneira como eles e suas famílias vinham sendo tratadas há mais de cem anos, e não podia negar que havia muitos motivos razoáveis pelos quais os árabes estavam se rebelando.

Então, perto do Natal de 1955, chegaram a Giraud, no Marrocos, duas notícias da Argélia, com intervalo de menos de uma semana entre elas. Na primeira, ele foi avisado de que uma antiga amiga árabe, Djamila, havia perdido a vida, baleada, atingida no meio de um confronto entre paramilitares franceses e guerrilheiros da FLN (não havia registros de um envolvimento mais sério entre ela e André). Na outra notícia, ele soube que o pai havia morrido, vítima de um enfarte, que as terras estavam praticamente abandonadas, que a mãe perdera completamente o juízo, indo morar na casa de parentes (ela tampouco duraria muito mais), e que o irmão, que se juntara aos paramilitares da OAS para combater a FLN, estava provavelmente envolvido no incidente que custara a vida de Djamila. Isso não foi dito claramente pelos familiares de Giraud, mas o cruzamento entre datas e fatos não deixaram muitas dúvidas. Ele e Djamila não se falavam há tempos, e talvez não voltassem a se encontrar. Mas por algum motivo, o fim que ela teve, e ainda sabendo que alguém tão próximo estava envolvido no episódio, além da morte do pai e do desmoronamento do lar onde crescera (no sentido tanto literal quanto figurado), arrasaram André Giraud de uma maneira que nem ele acreditava ser possível. Somado a tudo isso, ele, que não era idiota, que sabia ler o entorno, tinha claro que a guerra estava perdida, que o fim do domínio francês era apenas questão de tempo. Antes da independência argelina, a França estava abrindo mãos dos "protetorados" da Tunísia e do Marrocos (o qual era mais fácil, pois ali o controle era compartilhado com a Espanha e havia muito menos colonos franceses). Mas o fato é que, com isso, o regimento dos Spahis de Giraud logo deixaria o Marrocos para lutar na Argélia, e ele, que já podia dar baixa do exército, não tinha a menor intenção de voltar.

Giraud não estava errado, sabemos, em seus temores com relação ao futuro. Por mais que, durante as negociações com De Gaulle, os líderes da FLN se comprometessem a respeitar as vidas, os direitos e as propriedades dos *pieds noirs* que decidissem permanecer no país, nada disso aconteceu, e o êxodo de colonos em direção à França, que já era grande nos últimos anos, virou uma avalanche após o evento conhecido como Massacre de Oran. Dois dias depois da independência oficial, quando algumas colunas de combatentes da FLN entraram na cidade, foram recebidas a tiros por militantes da OAS, provocando uma reação pesada e sem controle de membros da FLN e de argelinos em geral. Oran era a única cidade da Argélia com população, até aquele momento, majoritariamente de origem francesa e, dos 250 mil "europeus" que viviam ali, possivelmente uns 40 mil haviam decidido ficar, se tornando, então, alvos fáceis da fúria árabe. Sem distinção, foram atacados homens, mulheres e crianças, alguns com rajadas de metralhadora, outros a tiros de fuzil, outros a faca, incluindo casos de degola. A estrutura oficial da FLN se eximiu de interferir, assim como os soldados franceses que ainda estavam estacionados na cidade. Os ataques duraram três dias, deixando como saldo um número jamais devidamente estabelecido de mortes. As estimativas conservadoras falaram em 100 pessoas, outros disseram que foram 1.500, mas, qualquer que seja o número real, o pior mesmo foi o impacto emocional. Depois disso, quem ainda hesitava entre ficar ou partir, deixou de hesitar e foi embora, pois estava claro que nenhum *pied noir* seria bem-vindo e estaria seguro na nova Argélia Árabe. Repetindo uma expressão muito usada na época, os franceses "precisariam escolher entre a mala ou o caixão."

Foi nesse clima — entre os acontecimentos familiares e nacionais, e antevendo o desfecho —, que André Giraud decidiu ir embora, dando baixa do exército e nem sequer voltando a pisar, por uma última vez, em território argelino. Ele viajou do quartel em Casablanca, no Marrocos, direto para Marselha, no sul francês. E foi de Marselha que, algum tempo depois, seguindo o convite de seu ex-comandante Yuri Lodygensky, embarcaria para o Brasil.

A verdade — como o tenente Giraud cedo percebeu, o general De Gaulle não demorou a concluir, mas o escritor Camus morreria sem se conformar —, é que a Argélia francesa era um cadáver insepulto esperando para ser cremado. Estava nascendo uma nova Argélia, uma república independente e islâmica. E o que aquela nova nação viria a ser, na prática, no futuro, com seus erros e seus acertos, suas conquistas e seus fracassos, não seria mais problema dos franceses ou dos antigos colonos, os agora exilados *pieds noirs*.

Argel, o Almirantado

20

Sem querer desvalorizar minha capacidade de aprender por conta própria, nem meu longínquo passado de estudante de história, e muito menos sem desprezar tudo o que meu pai me contou, é mais do que evidente que eu jamais teria conseguido escrever o roteiro que escrevi, para o documentário sobre Mazagão, sem as conversas que tive com Sofia. O documentário, aliás, ficou muito bom, tendo sido até premiado, não um prêmio dos mais importantes, mas, ainda assim, um prêmio. Ou seja, seria absolutamente injusto negar que as aulas que Sofia me deu, e tudo o que me falou sobre o norte da África, o pai dela, Camus, os portugueses, os franceses, os argelinos e todo o debate acadêmico sobre o pós-colonialismo, foram fundamentais para mim. É claro que, sem ela, eu teria escrito um roteiro correto, pois pesquisaria, faria uso das ferramentas que aprendi na faculdade, e o Google, e a Wikipedia, leria alguns livros e descobriria aquilo que qualquer um consegue descobrir com um pouquinho de pesquisa e leitura. Talvez, no fim das contas, tal roteiro "solitário" nem ficasse tão ruim, mas teria sido, é certo, um projeto bem menos ambicioso. E muito menos charmoso. É impressionante como o acréscimo de camadas de conhecimento faz diferença quando abordamos um assunto, mesmo que noventa por cento dessas camadas de conhecimento acabem ficando de fora do trabalho final.

A pequena Sofia, como quase todas as meninas, idolatrava o pai. André Giraud podia ser meio maluco e inteiramente autodestrutivo, mas, pelo que ela me contou, era um ótimo pai. Carinhoso e atento, se interessava pelo que ela aprendia na escola e sempre que podia, ajudava com as lições. Adorava contar histórias, tanto as conhecidas e publicadas (quando a conheci ela ainda guardava os sete volumes d'*Os reis malditos*, de Maurice Druon, em francês, que o pai lia para ela) quanto histórias da infância dele e dos antepassados na Argélia, das colheitas de uva, da fabricação do vinho, das festas, dos avós e bisavós que ela não conheceria. Ele falava do sol argelino, da cor única do mar, das ruínas romanas, das montanhas do interior, do Marrocos, da fortaleza portuguesa de Mazagão. E claro, contava, meio sério e meio de brincadeira, piadas politicamente incorretas de árabes.

As duas grandes lacunas nas histórias que o pai contava, Sofia me disse, eram primeiro sobre a guerra na Argélia e no Marrocos. Exceto por dizer que foi um oficial e que participou de batalhas, Giraud jamais entrou em detalhes, nem mesmo contou a ela se chegou a matar algum inimigo (meu próprio pai dizia que sim) e, muito menos, se participou de sessões de tortura (meu pai dizia que achava que não). Mas, quanto a isso, depois de me inteirar mais das histórias da guerra de independência, acabei concluindo que Giraud não deve ter participado de torturas. Essa prática esteve muito associada aos paraquedistas veteranos da Indochina, soldados profissionais de elite, que as ensinaram aos policiais de Argel nas fases finais da guerra. E Giraud lutava com tropas marroquinas de Spahis, especializados em combates em terreno aberto, originalmente a cavalo, e não em práticas antiterror, sendo que deixou a farda bem antes do fim. Quando relatei essa minha conclusão a Sofia, ela nada falou, mas pude perceber o rosto dela se iluminar com alívio.

O segundo buraco era a respeito da profissão que o pai exercia quando ela era pequena, que no fim o mataria, que era a de pilotar para o garimpo. Sofia sabia que o pai voava, ele chegou inclusive a levá-la com a mãe, em voos curtos, de passeio, em duas ocasiões. Mas a respeito do que o pai vivia, no dia a dia, na aviação do garimpo, dos perrengues, dos riscos, do tipo de gente com quem convivia, Sofia jamais ouviu falar, pelo menos não por ele. A mãe tampouco falava, mas nela, a menina conseguia perceber as expressões de angústia e até de pavor escancarado. Sofia contou que só foi saber mais a respeito do que era, de fato, a vida profissional de André, depois que ele morreu e, mesmo assim, tinha certeza de não saber nem dez por cento do que, de fato, o pai viveu. Até porque nem mesmo a mãe sabia de todos os detalhes.

Quando André Giraud morreu, Sofia ainda nem mesmo entrara na adolescência, e inicialmente a idolatria pelo pai, agravada pelo trágico desaparecimento em voo, só aumentou. Alguns anos mais tarde, quando passou no vestibular para o curso de história na Federal do Amapá, Sofia esperava confirmar, com seus estudos e professores, a visão idílica da Argélia francesa que o pai transmitira a ela. Ela gostaria de chegar às aulas e falar, com orgulho, quem era o pai dela e tudo o que ele tinha vivido em sua juventude. E aí veio o susto. O tom dominante daqueles anos era dado pela escola pós-colonialista, de autores como Edward Said, Frantz Fanon e Homi Bhabha, para os quais, resumindo muito, os franceses (incluindo os *pieds noirs*) na Argélia faziam parte do lado errado da história, o lado colonialista, que conquistou, dominou, explorou, escravizou, torturou e ainda construiu uma ideologia que leva os explorados a acreditarem que o certo e o justo é que eles fossem mesmo explorados, já que estavam sendo educados e trazidos à civilização, pois eram cultural e racialmente inferiores. Destes autores, Fanon foi o mais dolorido para Sofia. Negro, psiquiatra, francês da Martinica, Frantz Fanon foi descobrir a extensão dos preconceitos raciais e do colonialismo quando lutou, com distinção, com as forças aliadas contra os alemães. Depois, voltaria sentir o preconceito quando estudou medicina na França e, depois, quando trabalhou como médico na Argélia. Escreveu livros contundentes sobre essas questões, como *Pele Negra, Máscaras Brancas*, e *Os Condenados da Terra* (prefaciado por Sartre). Mas o mais importante foi que, com a escalada da guerra argelina, Fanon renunciou ao cargo de médico, fugiu para a Tunísia recém-independente (onde estava o "governo argelino no exílio") e aderiu à luta armada da FLN, tornando-se redator do jornal e um dos principais porta-vozes do movimento. Quando morreu de leucemia, com apenas 36 anos, em dezembro de 1961 (seis meses antes da independência), foi enterrado como um dos heróis da causa argelina. Fanon era o exato contraponto, pelo que viveu, escreveu e defendeu, a Camus (que, morto em janeiro de 1960, tampouco assistiu a Argélia se tornar independente) e, principalmente, ao pai de Sofia. Ela me dizia, num tom de quase lamento que, ainda que os textos de Fanon tenham problemas e tragam uma série de imprecisões, e que o radicalismo e o rancor dele por vezes o afastasse até mesmo de outros militantes da mesma causa, ainda que líderes da FLN precisassem alertá-lo que a luta era contra o Estado francês, e não contra o povo da França, ainda assim, Sofia concluía, Fanon estava do lado certo da história, enquanto André Giraud estava na extremidade oposta.

Passado o choque inicial sofrido quando entrou na faculdade, Sofia concluiu que precisava encarar a fundo a realidade, e isso começava por ler, sem visões preconcebidas, tudo o que escreveram os autores pós-colonialistas. Se, diante daquilo, o pai tivesse que morrer de novo, dessa vez simbolicamente, que assim fosse. Mas ela precisava conhecer e entender os argumentos do outro lado. E, lendo os livros, Sofia viu que, em boa parte, eles pareciam corretos, ainda que por vezes excessivamente radicais. Sofia me deu um exemplo: naquela época ela também começou a ler os livros de Camus, e não pôde concordar quando quase todos aqueles autores o consideravam um imperialista em pele de cordeiro. Para eles, o mundo era em preto e branco, não havia meios tons, não havia sutileza, e Camus havia sido um pensador absolutamente sutil e sofisticado, mesmo que não se concordasse com tudo o que defendia. Mas, ressalvas à parte, no geral, ela me disse, os textos pós-colonialistas faziam todo o sentido. O que Fanon dizia fazia todo o sentido. E, mais do que acadêmico, era um sentido visceral.

E então Sofia começou a tentativa de construir, internamente, um delicado equilíbrio, o de continuar amando o pai, ainda que discordando de suas visões de mundo e posições políticas. Muitos de nós passamos por isso, mas acho compreensível que, para Sofia, tenha sido um pouco mais complicado. Foi difícil e levou tempo, ela me falou. "Como continuar a admirar alguém que todo o meu entorno, tudo o que eu lia e aprendia, afirmava estar do lado errado? Seria como se, guardadas as proporções, eu fosse a filha de um ex-oficial nazista de campo de extermínio, um pai carinhoso, que saía de casa todas as manhãs, dava um beijinho nos filhos e se dirigia para o trabalho, onde apertava os botões e matava milhares de pessoas na câmara de gás... Claro, esse não era o caso de meu pai, que apenas queria preservar a terra onde nasceu, que nunca quis exterminar ninguém... mas, ainda assim, coitadinho, ainda que não fosse culpa dele, ele estava do lado errado da história, da moral, da justiça... E não era só o que aconteceu na Argélia e no Marrocos: como admirar, hoje, alguém que estava envolvido com a atividade do garimpo, com toda a história de ataque aos povos indígenas e destruição ambiental ligada a ela?"

"Quer saber qual é o maior sintoma de que há um problema? É a vergonha. A verdade é que tenho vergonha de meu pai, de quem ele foi, do que fez, do que representava. Se alguém me pergunta o que meu pai fazia, sabe o que eu respondo? Eu minto. Ou não bem minto, omito. Digo que ele era um imigrante argelino que se virava em uma série de atividades, que morreu quando eu era pequena, e não entro em detalhes."

"De certa forma", ela me disse, "foi até bom que, quando entrei na faculdade, meu pai não estivesse vivo, porque teríamos quebrado muito pau. E, até que eu chegasse ao ponto de equilíbrio que tenho hoje, de conseguir separar as coisas, nós teríamos brigado sem parar, e teriam sido brigas feias, provavelmente teríamos rompido relações. Até porque ele não era uma figura fácil, não era de levar desaforo pra casa. Meu pai era normalmente terno, mas era também autoritário e podia ser agressivo, como algumas vezes eu vi, inclusive com minha mãe. Será que o nosso relacionamento teria sobrevivido? Será que ele me perdoaria pelas coisas pesadas que eu, jovem estudante, de esquerda, pirralha presunçosa como são todos os estudantes de começo de graduação, especialmente os de humanas, teria lançado sem piedade contra ele? Até porque, e não se engane quanto a mim, meu querido, eu, filha que sou de meu pai, também sei ser brava."

O que Sofia me falou naquele dia, me fez pensar e mudar a maneira como via André Giraud. Até ali, por mais que soubesse de todos os principais dados biográficos dele, tratava-se basicamente do amigo misterioso e aventureiro de meu pai. Era como se o mundo de André Giraud e os mundos do garimpo e dos impérios coloniais europeus na África fossem universos apartados, sem relação entre si. Mas como? Lerdeza minha, talvez. Saudade de meu pai, quem sabe. Mas às vezes, penso, não é algo assim tão natural fazer críticas a coisas obviamente criticáveis, da infância e da adolescência, quando ficamos mais velhos, simplesmente porque elas podem carregar uma carga afetiva que tem dificuldade de se misturar, ou de ser confrontada com realidades da vida adulta. É mais fácil sermos complacentes com um tio mafioso, ou um avô misógino, desde que tenhamos boas lembranças afetivas deles, do que com um colega de trabalho de quem discordamos por causa de uma bobagem. Na sequência, também questionei a visão que tinha a respeito de Pedrão Preto. Bandido? Bandoleiro ligado ao garimpo? Não. Pedrão, não. A realidade, quando chegamos perto, teima em se mostrar mais complexa. Pedrão era maluco, estava atrás de emoções. Jamais teria feito mal a alguém, bastava admirar seu olhar para saber que era uma pessoa terna, doce. Se Pedrão tivesse ido ao garimpo atrás de dinheiro, teria ficado rico. Era capaz, competente, fazia um trabalho especializado, não teria voltado para Ubatuba para trabalhar como garçom num quiosque.

Quando começou o quarto e último ano da graduação, Sofia ouviu falar de um projeto de pesquisa arqueológica que iria começar no sítio de Mazagão. Ela sentiu um estalo, e alguma gaveta, escondida lá no fundo do cérebro, se abriu. Ela não ouvia falar na fortaleza marroquina desde que o pai contava as histórias sobre a época em que serviu no Regimento dos Spahis no Marrocos, e passava alguns dias de folga na praia junto à cidadela. Mazagão? O que podia ser aquilo? Ela decidiu se informar. E a professora responsável, a arqueóloga Cristiana Arruda, que havia dado aula para ela num curso optativo no ano anterior (Introdução à Cultura Marajoara), contou para Sofia rapidamente a história da cidade de pedra que havia atravessado o Atlântico. Sofia ficou fascinada e não teve dúvida, naquele exato instante, que precisava participar do projeto. Ela se formaria no fim daquele ano e sugeriu à professora que, se ela a incluísse no time e topasse orientá-la, aquele poderia ser seu projeto de mestrado. A professora Cristiana Arruda aceitou, e foi em consequência disso que o destino me levaria a conhecer Sofia, algum tempo depois, naquela manhã da qual nunca me esquecerei, no saguão do CEPAP, o Centro de Estudos Arqueológicos da Universidade Federal do Amapá.

Mas, à parte tudo o que Sofia me contou em relação à trajetória dela e ao conflito que viveu ao se dar conta, na faculdade, que era filha de alguém que nasceu, viveu, combateu e sobreviveu sempre no lado errado da história, a verdade é que, em relação ao que ela relatou para mim naquela noite, e nos outros dias em que estivemos juntos em Macapá, o mais importante para mim foi saber detalhes da biografia de André Giraud, coisas que, acredito, ele não contou nem ao meu pai, no Mato Grosso, durante a expedição pelo Rio Pardo. Se não sob um ponto de vista puramente pragmático (meu projeto de roteiro), com certeza para a alma, saber mais sobre André foi incrível, e até hoje penso nisso. Ao mesmo tempo, apesar das reservas (para dizer o mínimo) que cresciam dentro de mim diante da imagem de André, procurei poupar Sofia de mais sofrimento, transmitindo a ela a ideia de que, se o pai foi algoz, foi também vítima. Mais do que do lado errado, ele foi atropelado pela história. Ele não teve culpa de nascer *pied noir*, e pagou a conta de um erro cometido gerações antes. Quanto ao garimpo, uma coisa é saber que a coisa era ruim, outra é ter a generosidade de conceder que André não estava querendo fazer mal a ninguém, e que esse envolvimento do garimpo amazônico com facções do crime organizado ainda não era uma realidade quando ele pilotava, correndo, pessoalmente, os maiores riscos do mundo. Além disso, eu repetia e repetia, analisar o garimpo amazônico há algumas décadas era bem diferente do que fazer isso hoje. Eu nem sei se de fato acreditava no que estava falando, mas minha intenção era amenizar as críticas de Sofia à figura do pai morto, para, no fim das contas, diminuir o sofrimento dela. Se eu mesmo estava num processo de reconciliação com o meu próprio pai, ou pelo menos com a memória dele, por que não tentar ajudá-la a fazer o mesmo com o pai dela? Não se tratava de uma defesa de tese, mas de um ato de compaixão, de amor.

E o fato é que, de um jeito que não sei explicar ou mesmo entender muito bem, saber mais sobre André Giraud, e falar dele para Sofia, me aproximou mais ainda de meu pai, e me fez sentir como se ele, lá em algum lugar onde talvez esteja, se mostrasse feliz e abençoasse as perspectivas de minha relação com a nova, muito especial e definitiva paixão da minha vida. Até porque alguma coisa intensa e verdadeira estava acontecendo entre nós dois, naqueles dias e naquelas noites de Macapá.

21

Continuo agora, feliz, a falar de Sofia. Confesso: não tem assunto do qual eu goste mais. Escrever sobre ela é lembrar, é elaborar, é o mais perto que consigo estar dela, sem estar. Ah, aquela casa antiga em Macapá, a varanda, as árvores, as tardes que passamos juntos, as duas manhãs em que a acompanhei à faculdade, as músicas que ela me pôs para ouvir, com muito blues, MPB, jazz, incluindo o hipnótico jazz tunisiano de Anouar Brahem que ela me apresentou e... Édith Piaf (esta, apenas para que eu conhecesse melhor os gostos do pai dela... "Você sabia", ela me perguntou sabendo que eu não sabia, "que, embora nascida na França, Édith Piaf tinha origem materna árabe norte-africana? Que o ator Jean-Paul Belmondo, ainda que nascido na França, tem origem *pied noir*?"). E os jantares que preparávamos, os vinhos, alguns ruins, outros péssimos, e até mesmo um ou outro razoável, o jeito que Sofia ria, a voz dela, o cheiro, o corpo, um crescimento da intimidade que fazia parecer com que nos conhecêssemos há tempos. Depois de alguns dias, sem que tivéssemos falado a palavra namoro, estávamos namorando, éramos namorados.

O primeiro sexo que fizemos, me lembro sempre sozinho aqui em casa, melancólico com o que essas memórias trazem, acabou sendo um pouco quadrado. Até rimos bastante de como, durante e depois, nos comportamos. Mas, a partir da segunda vez, da terceira, da quarta, conforme íamos nos conhecendo melhor, a coisa foi melhorando, e melhorou demais. Foi com Sofia, de certa forma, que aprendi de uma vez por todas que sexo, muito mais que atletismo, é intimidade. Sexo, pelo menos para mim, a partir daquele momento, mais do que performance, passou a depender de amor. Sofia me deixou menos macho e mais cúmplice. E foi um aprendizado que, curiosamente, lançou uma nova luz sobre meus (insatisfatórios) relacionamentos passados, e deveria ter me prevenido sobre meus (perigosos) relacionamentos futuros, e sobre o potencial de um deles, em especial, detonar meu relacionamento com Sofia. Mas sou burro e demoro a aprender as coisas.

Abusando da lábia com os compreensivos sócios da produtora, consegui transformar a semana em Macapá em dez dias, e os dez, em quinze, e os quinze, em vinte. Não que eu não tenha trabalhado, longe disso. Escrevia bastante e ia enviando textos por e-mail, o que ajudava a justificar minha permanência estendida, um estratagema que funcionou bem por algum tempo. Mas Sofia e eu sabíamos que, em algum momento, aquela vida a dois, passada num maravilhoso estado de suspensão atemporal, precisaria terminar. E o dia finalmente chegou. Deixar Sofia para trás, deixar aquele casarão antigo, a magia daquelas manhãs, tardes e noites, e voltar sozinho, para São Paulo, foi um dos momentos mais tristes pelos quais já passei na vida, assim como os dias que vivi com Sofia em Macapá, não tenho nenhuma dúvida, foram os mais felizes. É claro que na época eu não tinha a exata noção disso, quer dizer, eu sabia que estava triste em partir, mas o que eu não tinha como saber, naquele momento, é que o começo do nosso relacionamento seria também seu apogeu. Sim, eu não sabia que aqueles dias em Macapá não seriam apenas o começo, mas o ápice da minha vida de casal com a mulher que eu amava. Que, dali em diante, apesar de ela e eu termos tentado, porque sinceramente queríamos que nossa história a dois desse certo, aqueles dias repletos de magia não mais se repetiriam.

Mas tudo isso estava lá longe, me esperando no futuro. Por ora, para além dos idílios amorosos, a verdade é que de fato vivi, aprendi e produzi muito em Macapá. Sob um ponto de vista prático, virei quase um expert em Mazagães (a do Marrocos e a do Brasil), muito mais capacitado do que antes, a escrever sobre o tema. O campo da fofoca também foi produtivo, pois pude compreender quem era quem na equipe de arqueólogos, as qualidades (especialmente profissionais) e os defeitos (mais no campo comportamental) da professora Cristiana Arruda, chefe e orientadora de Sofia, e o que realmente acontecia, nos terrenos da política e das vaidades, por debaixo da aparência de cordialidade e profissionalismo entre as equipes do Amapá e de Pernambuco, e mesmo internamente em cada uma delas. Alguns olhares enviesados, sorrisos estranhos e comentários sarcásticos, que percebi e ouvi nas escavações em Mazagão, só então puderam ser plenamente entendidos por mim. Foi apenas nesse momento que confirmei oficialmente o que já intuía, que dias antes, por exemplo, durante minha visita ao campo, os totalmente antipáticos eram pernambucanos, ao passo que os medianamente simpáticos eram os membros do time do Amapá.

Desembarquei em Guarulhos pouco depois da hora do almoço, numa terça-feira depressivamente chuvosa. Depois da longa viagem de avião (três escalas: Belém, Brasília e Uberlândia), eu estava exausto e morto de fome, de modo que, antes de pegar o táxi, tomei um quase banho numa pia do banheiro do aeroporto e, logo em seguida, comi um péssimo (naquele momento, ótimo) combinado de sushi e sashimi por ali mesmo. Com o trânsito parado na marginal Tietê, acabei chegando em casa no começo da noite. Praticamente um dia inteiro em trânsito, como se estivesse voltando da Europa, ou algo assim. Uma vez em casa, finalmente tomei um banho de verdade, abri uma cerveja que a geladeira conservara perfeitamente gelada durante minha ausência, e em seguida liguei para Sofia. Ficamos mais de meia hora no telefone, chorando mútuas saudades, lembrando nossas conversas, nossos passeios, nossas fofocas, nossos vinhos, nossos pratos, e planejando o futuro, prevendo nosso próximo encontro. Fui dormir com o peito apertado de saudade, mas feliz de ter falado com ela, e esperançoso com as perspectivas de nosso futuro.

No dia seguinte, logo cedo eu já estava na produtora apresentando notas fiscais da viagem para reembolso, mostrando mais textos que tinha escrito, as fotos que tirei para registro, discutindo as possíveis soluções para esse, aquele e aquele outro trecho do filme. Foi uma manhã produtiva, de muito trabalho, cansativo mas compensador, e que, além do mais, me fez parar de pensar em Sofia, pelo menos por um tempinho. Almocei por lá, com parte da equipe, contei um pouco do que tinha visto, o pessoal se interessou, foi gostoso, e depois, à tarde, voltei para casa, onde escrevi, e principalmente reescrevi, um pouco mais. Como os prazos estavam apertados, os próximos dias seriam, felizmente, de muito trabalho. Corri, corri, corri e, duas semanas depois, lá estava eu novamente, num táxi, a caminho do aeroporto de Guarulhos, partindo para uma outra viagem.

Após um voo tranquilo, que incluiu escala em Lisboa, eu me vi descendo as escadas do avião, sob um calor escaldante e seco, no aeroporto internacional Mohammed V, em Casablanca. Um sujeito chamado Yussuf, dono de um veterano Toyota Corolla que fazia uma espécie de híbrido marroquino de táxi com Uber, antes de Uber existir, contratado a partir do Brasil pela produtora, estava me esperando no saguão, e em pouco tempo estávamos na estrada. Pedi para viajarmos pelo litoral, pois a paisagem seria mais bonita, mas Yussuf, com seu inglês marroquino/macarrônico, me enrolou, dizendo que do jeito que eu sugeria a viagem seria muito mais longa, mas que eu ficasse tranquilo, porque atingiríamos o litoral em Azamor, e dali em diante, até Mazagão, ele insistiu em me assegurar, haveria muito litoral e ele seria belíssimo ("an amáiziiing lândsqueipee, Sâr, ai promaize yu").

Depois de fazer uma espécie de caminho de rato de uma estrada a outra, sem nada digno de nota na paisagem, finalmente chegamos a Azamor. E então, o desapontamento. Pois daí em diante, apesar de seguimos pela rodovia 320, a litorânea, já estávamos praticamente colados em Mazagão e, para piorar, uma boa parte desse trajeto final passava por dentro de um certo Mazagan Golf Club, de modo que, quando pude ver a praia e o mar pela primeira vez, estávamos, pelos meus cálculos, a não mais do que uns três ou quatro quilômetros de El Jadida ("A Nova", ou "A Renascida"), o nome marroquino da antiga cidadela de Mazagão. Sim, Yussuf, com seu inglês enrolado, me enrolou direitinho, pois no trajeto vi pouquíssimo litoral, e o pouco que vi nada teve de belíssimo ("ei truly gorgeous saigt"). Meu único consolo foi que, no trecho final, já dentro da área urbana de El Jadida, pela estrada, que se transformava ali numa avenida à beira-mar, fui observando a praia que, imagino, André Giraud frequentava no começo da década de 1950, quando estava de folga. O contraponto é que, para ser sincero, e sem querer ofender os marroquinos, para quem conhece as praias brasileiras, aquela praia de El Jadida, de extensa faixa de areia, ora cinzenta, ora preta, repleta de algas, de mar sem ondas e pouquíssimo convidativa, era, no mínimo, uma decepção.

Chegamos ao simpático hotel La Place, fiz o check-in, deixei minhas coisas no quarto e, antes mesmo de tomar um banho, desci para comer, para dar uma volta pelas redondezas e começar a me aclimatar. Lamentei que Sofia não estivesse ali comigo. Era para ela ter ido, nós chegamos a combinar, mas na última hora, a chefe dela, a onipotente professora Cristiana Arruda, inventou de ir a um congresso de arqueologia amazônica na Colômbia, bem naquela semana, e pediu para Sofia substituí-la nas aulas da turma de graduação. Sofia chorou quando me contou, eu quase chorei também, mas me esforcei para consolá-la, dizendo que a tarefa imposta pela professora era um sinal do prestígio de Sofia e boa para a carreira dela, e reforçando que minha estadia em Mazagão, ainda que custasse longas horas de voos e conexões, seria super breve, e que afinal planejáramos nos encontrar em São Paulo, assim que eu voltasse ao Brasil e ela se livrasse das aulas, e que isso aconteceria logo. E apesar de que eu obviamente preferia que ela estivesse ao meu lado quando o avião pousasse no Marrocos, o que disse a ela não deixava de ser verdade.

Se eu tinha alguma ilusão de que Mazagão seriam as ruínas abandonadas de uma antiga fortaleza de pedra encravada entre o deserto e o mar, a ilusão logo se desfez. Hoje a fortaleza é uma importante atração turística, como os centros históricos de Paraty ou de Tiradentes, com as antigas moradias internas transformadas, na maior parte, em lojinhas ou bistrôs. E, em volta das muralhas, nada de deserto mouro: o que há é uma agitada cidade de cerca de 200 mil habitantes (El Jadida), com indústrias, universidade e um porto bastante movimentado. Por outro, felizmente, a atividade turística não é nem um pouco desprezível para a economia local, o que faz com que a antiga cidadela portuguesa esteja bem conservada. Além disso, o entorno do hotel em que fiquei, próximo à fortaleza, é bonito, com ruas largas, assombreadas por palmeiras e tamareiras, e repleto de bares e restaurantes, alguns dos quais, diga-se, bastante atraentes.

No dia seguinte, controlei minha ansiedade para não ir direto para a antiga fortaleza, e me dirigi antes ao cais. A minha primeira impressão de Mazagão, decidi, precisaria ser pelo mar, deveria ser aquela visão das muralhas a partir do oceano, aquela que foi vivida por cada viajante que, ao longo dos séculos, chegou de Portugal. Eu queria chegar ali como um novo visitante chegava no passado, não como um mero turista, E eu fazia questão que a impressão da chegada ocorresse num barco a vela, porque pretendia ter a sensação mais realista possível, e já me imaginava vendo as muralhas crescerem lentamente no horizonte, sem barulho de motor e o cheiro de diesel, somente com o som do vento enchendo as velas e com o plec plec plec das ondas batendo contra casco.

No fim acabei conseguindo, mas não foi fácil, porque, quando comecei a circular pelo cais, e multidões de candidatos a me levar começaram a se oferecer, e eu os questionava, todos eles diziam ter barquinhos a motor (dos quais verdadeiramente se orgulhavam) e, por mais que eu perguntasse, ninguém conseguia me sugerir alguém com um primitivo e desprezível barco a vela, até que alguém se conformou e lembrou de um velho e pobre marinheiro, chamado Ahmed, e alguns garotos foram buscá-lo em casa (felizmente, ali ao lado). Quando o marinheiro finalmente chegou, que alegria, que felicidade quase infantil, indescritível, eu senti. A qual só aumentou quando contemplei seu barco, um belo e antigo veleiro de casco de madeira, com uns doze pés de comprimento. Acertamos as condições, embarcamos, ele ligou o motor de popa (sim, o barco tinha um motor, mas combinamos que não o usaríamos quando estivéssemos fora do quebra-mar), para podermos chegar até o ponto, no mar aberto, onde o vento soprava mais forte, e lá fomos nós em direção ao oceano.

Ahmed era uma figura e tanto. Era um sujeito que, pelo que me contou, estava com 53 anos, mas parecia ter 80, com a pele curtida de sol e bastante enrugada. Ele parecia um árabe de literatura infantil, só que com óculos Ray-Ban, um grande relógio dourado, tão reluzente quanto alguns dos dentes de ouro que orgulhosamente exibia quando ria. Ahmed era, sim, uma grande figura e, além do mais, alguém que não estava ali só pelo negócio, mas que gostava mesmo de velejar. Tanto que ficou verdadeiramente feliz com meu pedido de que fôssemos o mais longe possível, para que eu pudesse ver a aproximação de Mazagão pelo mar, como "les anciens portugais", e de bom grado me atendeu (nossa animada conversa, num misto de inglês e francês macarrônicos, não ficaria mal em um filme de comédia).

Depois de uns trinta ou quarenta minutos velejando rumo ao mar aberto, Ahmed fez o bordo, o barco apontou a proa na direção da costa e, então, depois de alguns minutos sem avistar a terra, exatamente aquilo que eu havia imaginado, até porque já lera a respeito, se materializou diante dos meus olhos: Mazagão surgia aos poucos, no horizonte, justificando a antiga definição de que parecia uma jangada de pedra flutuando sobre o mar. Foi inesquecível, aquela experiência. O sol norte-africano, o mar, o céu, as grandes muralhas pouco a pouco crescendo no horizonte, diante de nossos olhos. Foi então que tive um insight e enxerguei, em minha mente, o título e a abertura do documentário.

Numa tela escura, vai surgindo aos poucos, em *fade-out*, a imagem da fortaleza, bem na parte de baixo da tela, à distância, vista do mar, passando aquela sensação de jangada de pedra que temos quando olhamos para Mazagão, ao longe desde o mar.

A música de fundo, que também vai aumentando aos poucos, é *O mar*, do grupo português Madredeus, cantada por Teresa Salgueiro, que ouvi com Sofia em Macapá (recomendo ao leitor que, para imaginar o clima que pretendi criar, ouça a canção enquanto lê este trecho). Conforme a tela vai ficando nítida, num efeito que deve lembrar a névoa marítima se dissipando, toda a parte de cima se mostra azul, daquele azul-céu muito azul do céu do Marrocos e do norte africano. E então a tela exibe o título do documentário, em tipologia sem serifa, pesada e com caixa alta (o subtítulo, que aparece em seguida, usa a mesma tipologia, mas em caixa baixa). Mais ou menos assim:

MAZAGÃO
a longa travessia da jangada de pedra

Fiquei bastante animado com a cena desenhada em minha mente, que futuramente mostrou-se perfeita, pois minha sugestão foi acatada e, portanto, é exatamente assim que o filme começa.

O regresso à terra foi mais rápido, talvez uns vinte minutos, pois o vento estava favorável, e eu estava feliz, pois encontrara o título e a abertura do filme, que dariam o tom de todo o trabalho. Quando finalmente reentramos na área protegida pelo quebra-mar, desembarcamos, eu paguei e, agradecido, me despedi de Ahmed. Prometi solenemente voltar a procurá-lo, caso quisesse velejar para outros pontos da costa marroquina, embora soubesse que isso não aconteceria. Meu estômago já roncava de fome, e foi então que me dei conta de que minha experiência navegadora, passada entre encontrar o barco certo, negociar e velejar, acabara por consumir a manhã toda. Saí do cais e finalmente entrei, pela primeira vez, na cidadela de Mazagão, onde, em vez de começar as andanças e explorações, fui direto em busca de um lugar onde pudesse comer. Acabei escolhendo um bistrô bem gostoso chamado Le Lokal, que recomendo a qualquer um que visite Mazagão. Depois de encher minha barriga, dediquei aquela tarde, e o dia seguinte inteiro, a circular por dentro da cidadela. Conheci a famosa cisterna, que garantia o abastecimento de água doce aos habitantes portugueses mesmo após meses a fio de cerco mouro; conheci a antiga igreja, conferi a espessura, os ângulos e o estilo de construção das muralhas; fui aos dois portões que, dependendo da maré, permitiam a entrada e a saída de pessoas e suprimentos por mar; zanzei a esmo pelas ruelas. Eu não tinha nenhum propósito especial em minha visita à Mazagão marroquina, pois tudo o que eu precisava saber a respeito do lugar, Sofia e os livros já haviam me ensinado. Mas, para escrever sobre aquilo tudo, eu achei que precisava sentir o lugar, respirar o ar, ver a luz, o céu, me familiarizar e, claro, pensar em cenários e ângulos para poder sugerir ao diretor do filme. Na realidade, por mais que já soubesse toda a história, acho que não poderia haver outro jeito de escrever um roteiro, para o qual aquele cenário era tão importante, sem tê-lo conhecido de perto.

Um dos propósitos oficiais da viagem era confirmar as propostas anteriores da produção para locais de filmagem em Mazagão, algo que fiz com muita rapidez, porque as possibilidades não eram realmente muito numerosas, e acabei, exceto por uma ou outra sugestão, não discordando de nenhuma das ideias do pessoal que havia passado por lá antes. E para mim, na realidade, como escrevi, o grande objetivo era "sentir Mazagão", tentar incorporar o espírito daquele lugar e de seus "*anciens*" moradores portugueses, principalmente dos derradeiros, aqueles que enfrentariam a épica aventura da mudança transatlântica, aqueles que, pelo menos em parte, haviam nascido ali para terminarem, anos depois, como na imagem que o relato de Sofia fez desenhar em minha mente, enterrados num cemitério perdido na floresta amazônica. E, apesar do cansaço provocado pela duração da viagem, pelo fuso horário, e não tendo permanecido naquele lugar por mais do que três dias, não me restou qualquer dúvida de que o esforço tinha valido muito a pena. Aliás, somente por ter enxergado a abertura do filme o esforço já teria sido recompensado. Eu nunca poderia ter pensado aquela abertura se não tivesse ido até lá, e navegado ao vento no Atlântico marroquino (e, no fim, tanto a abertura quanto o título do documentário ficaram exatamente como sugeri).

Circulando pelas vielas de Mazagão, olhando, desde as muralhas e as torres, para a cidade de El Jadida, me esforçava para conseguir "ver", ali, os descampados onde se plantava e se criavam cavalos, cabras e vacas, onde o horizonte descortinava o deserto, onde havia as trincheiras defensivas, e onde também os exércitos atacantes marroquinos, quando vieram, ergueram seus acampamentos. E procurei também olhar para o mar, no ângulo oposto ao que pude ver a partir do barquinho de Ahmed, tentando me colocar no lugar de quem buscava, no horizonte, o aparecimento de velas brancas, que significavam, ora a chegada de víveres e suprimentos, ora a chegada de reforços e que, um belo dia, significou a aproximação dos navios que os levariam embora, para sempre, para muito longe dali.

Procurei, enfim, me colocar no lugar das gerações e gerações de mazaganenses que ali passaram suas vidas, experimentando, ano após ano, por séculos, a sensação da expectativa da guerra de um lado, e de um tédio sem fim de outro. Não menos impressionante, pensei, devia ser a sensação de claustrofobia, porque viver em Mazagão não seria muito diferente do que viver dentro das muralhas de um castelo: por alguns dias, tudo bem; por algumas semanas, suportável; por alguns meses, começaria a ficar difícil. Mas crescer, casar, ter filhos, passar a vida? Como aceitar que fosse o destino natural viver uma vida inteira espremido assim, entre o deserto e o mar, num lugar como Mazagão?

Antes de ir embora, havia mais um lugar que eu queria conhecer, e que não tinha nada a ver com meu trabalho com o roteiro. Tratava-se da antiga sede do regimento francês dos Spahis, o mesmo no qual André Giraud havia servido. Até porque eu queria tirar algumas fotos do quartel e enviar para Sofia, para surpreendê-la, e ela poderia comparar a aparência do prédio, hoje (que provavelmente devia estar sendo usado por algum batalhão da polícia marroquina) com as fotos que o pai havia deixado. Mas o antigo quartel não ficava em Mazagão, e sim em Casablanca (Giraud serviu também em Tiznit, bem mais ao sul, mas esta localidade ficaria muito fora de mão para que eu tentasse visitá-la naquele curto espaço de tempo). Assim, no dia em que fui embora, combinei com o mesmo enrolão Yussuf que fizesse o caminho para o aeroporto, não pela rota mais curta, mas por uma que passasse pelo centro de Casablanca e, portanto, pelo antigo quartel do *2º Régiment de Spahis Marocains*. Prometi uma boa gorjeta e, diante do incentivo, ele acabou topando. Eu tinha o antigo endereço e algumas referências, mas foi só quando chegamos a Casablanca, e Yussuf começou a tentar seguir minhas instruções, que eu me dei conta do tamanho da minha ingenuidade. Casablanca é hoje uma cidade muito diferente daquela em que o tenente André Giraud esteve baseado, e que quem assistiu ao filme *Casablanca*, de 1942, com Humphrey Bogart e Ingrid Bergman, acha que sabe como era. A cidade é enorme e caótica, se transformou numa verdadeira metrópole, com uns quatro milhões e meio de habitantes (apenas como referência, a Grande Lisboa tem hoje menos de três milhões). Como eu logo descobriria, procurar, naquela confusão contemporânea, um endereço de setenta anos atrás, seria obviamente uma tarefa para mais que um dia, e absolutamente impossível de ser feita num mero desvio de trajeto até o aeroporto.

E assim foi. Ou não foi. Exceto pelo centro histórico, que me pareceu razoavelmente conservado, muito pouco dos arredores da Casablanca de algumas décadas atrás estava preservado, pois o que eram, antes, áreas mais ou menos rurais, estavam agora ocupadas por avenidas, shopping centers, conjuntos habitacionais e assim por diante. Ao mesmo tempo, o endereço que eu tinha ainda trazia o nome francês (*Avenue du Maréchal Foch*), e obviamente já teria sido trocado por algum nome de rei ou general ou algum outro célebre cidadão marroquino. Tivesse eu algum tempo, uma não muito complicada pesquisa me levaria ao endereço atualizado, mas, naquele dia, tempo era tudo o que eu não tinha.

Enfim, o fato é que, depois de umas duas horas rodando a esmo por Casablanca, apesar de ainda dispor de alguma gordura antes do horário marcado para o check-in no balcão da companhia aérea, eu me conformei e entreguei os pontos, concluindo que não conseguiria fazer, para Sofia, fotos atuais do quartel onde o pai dela fora oficial. Pedi para Yussuf desistir de andar em círculos e me levar de uma vez por todas para o aeroporto, ordem que ele prontamente acatou. Mas dali em diante, até que eu desembarcasse de seu Corolla, pegasse minha mala e lhe deixasse a prometida gorjeta, Yussuf foi repetindo sem parar, por todo trajeto, mesmo que eu tenha concordado com ele logo na primeira vez, que o fato de não termos conseguido localizar o antigo quartel dos Spahis não havia sido culpa dele. E, a cada vez eu repetia, e repeti não sei quantas vezes, *don't worry, my friend, you'll have the tip I promised to give you*.

Uma frustração adicional que senti, claro, foi ter passado por tão perto da Argélia sem ter a possibilidade de ter dado uma esticada até lá. Eu adoraria ter conhecido Argel e Oran, principalmente, mas também ter ido até a mais distante Annaba (Hippo Regius da época romana, e Bône da época francesa), onde Agostinho foi bispo antes de ser santo e André Giraud nasceu e passou a infância. Mas, naquela ocasião, não tinha nenhum jeito desse desejo se tornar realidade. A produtora não pagaria por essa perna adicional em minha viagem, que afinal de contas, nada tinha a ver com o projeto do filme. Além disso, eles estavam ansiosos por meu regresso, pois o cronograma estava muito perto de atrasar e o roteiro precisava, portanto, ser definitivamente fechado o quanto antes.

22

No ar, voando entre Casablanca e Lisboa, olhando pela janela do avião o Atlântico lá embaixo, infinitamente azul, não pude deixar de pensar que eu estava fazendo, pelo céu, a mesma rota que os mazaganenses fizeram por mar quando abandonaram sua cidade natal. Porque primeiro eles foram para Lisboa e, de lá, depois de alguns meses esperando, é que embarcaram para o Brasil. Quando pousamos no aeroporto internacional da capital portuguesa, ainda de manhã, e fui ao guichê fazer o check-in da conexão, recebi da companhia aérea a notícia — que normalmente seria péssima, mas que naquele dia me alegrou — de que, por problemas técnico/operacionais não claramente informados, o voo daquele dia para Guarulhos havia sido cancelado e que eu só embarcaria no próximo voo, no dia seguinte. A companhia lamentava pelo inconveniente, mas pagaria por um hotel nos arredores do aeroporto, me daria vouchers para alimentação no restaurante do hotel, etc... É óbvio que, como todos os outros passageiros, eu não ficaria o dia inteiro sentado no saguão do hotel do aeroporto, tratando de aproveitar aquele precioso tempo livre na capital portuguesa. Mas se algumas pessoas (como ouvi sem querer) pretendiam conhecer o Castelo de São Jorge e o Palácio de Queluz, para mim, naquele dia, não havia qualquer plano de passar o dia como um turista qualquer. Dispensaria os velhos conhecidos Alfama, Mouraria, Rossio, Praça do Comércio, o Chiado, a Baixa, e pegaria um táxi para ir direto até o bairro de Belém, para os arredores do Convento dos Jerônimos.

E por quê? Bom, era ali no bairro de Belém que estava vivendo, na época do abandono da Mazagão marroquina, boa parte da aristocracia lusa, e era lá que ficava o rei quando estava em Lisboa. Isso porque o grande terremoto de 1755 — que, acompanhado de tsunami e incêndio, destruiu a parte central da cidade e matou entre 10 e 15 mil pessoas, e foi sentido em boa parte da Europa —, por algum motivo que talvez os geólogos expliquem, mas que eu não sei, foi menos cruel com aquela área. Não que, obviamente, o bairro de Belém não tenha sofrido. Tanto que é lá (mais exatamente nos Jerônimos) onde se passa a história, tão repetida em outros tempos, de que uma grande imagem de Nossa Senhora, enterrada até o pescoço pelos destroços provocados pelo terremoto, teria olhado para o céu e dito: "Basta, meu Filho, basta."

Mas, mais importante para mim naquele dia sabático em Lisboa, era o fato de que foi nos arredores dos Jerônimos e da Torre de Belém que a maior parte dos mazaganenses ficou alojada durante o tempo em que viveu naquela cidade, o que explicava a minha vontade de passar meu inesperado tempo livre por ali, respirando (como respirara em Mazagão) o ambiente. Como terá sido, para eles, viver naquela bolha de espaço/tempo à qual foram condenados, entre o Marrocos e o Amapá, arrancados de suas casas, e sem saber ainda, exatamente, como e onde seriam seus futuros lares? Os arredores da Torre de Belém, embora na época razoavelmente distantes e quase rurais, não eram o que nos acostumamos a classificar como periferia.

Ah, o famoso terremoto de Lisboa. Cabe aqui uma breve digressão sobre o tema. Ainda que mais destruidor na capital portuguesa, o terremoto do dia 1º de novembro de 1755 chacoalhou boa parte da Europa e do norte da África. Um jovem poeta francês chamado Racine, neto do famoso dramaturgo, foi uma das vítimas em Cádiz, na Andaluzia, afogado pelo tsunami que rompeu o quebra-mar e invadiu a cidade. Hoje se supõe que o epicentro tenha ocorrido em algum ponto do Atlântico, a meio caminho entre Lisboa e o noroeste africano. Assim, seria improvável que cidades marroquinas, como Agadir, Asilah, Tanger, Safih, Rabat e, claro, Mazagão não tivessem sentido nada no dia, e de fato sentiram. Mas, no caso mazaganense, como a fortaleza era bastante sólida, e as casas igualmente bem construídas, foram mínimos os danos internos causados pelo tremor do chão (nada além de rachaduras e alguns buracos em paredes). Mas, assim como em Lisboa e outras cidades litorâneas europeias, um tsunami também chegou lá, e aí sim, houve consequências. O mar, depois de recuar, voltou com grande agressividade, rodeando a fortaleza e fazendo dela quase uma ilha. Bateu nas muralhas, em alguns pontos superando-as, atravessou os portões e entrou pelas ruas da cidade, enchendo-as de peixes. Fernando Pereira Leite de Souza, o filho do governador, que estava de guarda no portão voltado para o continente, ficou com água pela cintura e por muito pouco escapou de ser arrastado. Plantações, barcos e pequenas estruturas do lado externo das muralhas foram destruídos. Os quatro sentinelas que estavam postados no portão do mar foram arrastados pelas ondas, sendo que um deles foi milagrosamente devolvido pelo mar, intacto; mesma sorte não tiveram os outros três, que morreram afogados.

Com Lisboa literalmente no chão, as demandas monetárias provocadas pelos custos de reconstrução seriam obviamente enormes, aumentando a pressão sobre a conservação de possessões anacrônicas e inúteis como Mazagão. Mas o terremoto teve, também, um considerável alcance simbólico. As dimensões desse evento no imaginário ocidental foram muito maiores do que "somente" a destruição de uma das mais movimentadas capitais europeias daqueles tempos. Tão maiores que é difícil para nós, hoje, nos darmos conta disso. Mas há registros em número suficiente para oferecer algumas pistas. A filósofa Susan Neiman afirma (num livro que Sofia me deu para ler) que, na Europa do século XVIII, nos anos posteriores ao terremoto, a palavra "Lisboa" era falada mais ou menos com o mesmo sentido com que hoje falamos "Auschwitz". E, num livro hoje raro, que Sofia também me emprestou, o historiador inglês T. D. Kendrick lembra que o terremoto foi nada menos que o maior desastre natural europeu desde Pompeia (e o maior trauma coletivo desde a queda do Império Romano). Kendrick chega a afirmar que o terremoto dividiu o século XVIII em "antes e depois", e que o otimismo generalizado da primeira metade chegou ao fim naquela manhã em Lisboa. A ideia dos teólogos, endossada por filósofos como Leibniz, de que Deus era essencialmente justo, que premiaria os bons, e que o mundo era harmonioso, sofreu um forte abalo, sem trocadilhos, em Lisboa. O tema passou a ser central para o Iluminismo em ascensão, provocando reações em pensadores como Kant e em monarcas como Frederico, o Grande, e debates entre Rousseau e Voltaire. Aliás, Lisboa esteve tão dentro do imaginário europeu naqueles anos que Voltaire faria com que um de seus livros mais conhecidos, o *Candide* (*Cândido, ou o Otimismo*), se passasse naquela cidade, fazendo uso do terremoto como pano de fundo. E há quem diga, ainda, que foi o terremoto que despertou no pequeno Goethe, então com seis anos de idade, o interesse pela geologia.

Reações vinham de toda a Europa. Johann Gottlob Krüger, por exemplo, um filósofo conservador alemão e membro da prestigiosa Academia Prussiana, escreveu que "não foi nosso Salvador quem afirmou que os terremotos não são apenas um prelúdio, mas a própria causa da destruição do mundo? (...) O que foi que faltou na noite de 1º de novembro para tornar visível toda a força dessas palavras para Lisboa e o mundo? Nada, exceto pelos rugidos dos trovões nas nuvens, que estavam prontos para atacar, como um cavalo selvagem antes da batalha. Mas o Deus da Natureza, por piedade, os reteve". Na mesma época, questionado pelo rei sobre o que fazer diante da tragédia, Pombal teria respondido, simplesmente: "Devemos enterrar os mortos e cuidar dos vivos." E as duas coisas, de fato, ele fez, ainda que a autoria da frase seja, hoje, motivo de contestação.

Mas, para além da tragédia em si, a questão ganharia um peso adicional em Lisboa: refletindo o debate que ocorreu em toda a Europa, o terremoto foi um pretexto dos religiosos conservadores, então na defensiva diante dos avanços reformistas de D. José I, para questionar os pecados iluministas, atribuindo o desastre a uma punição divina pelo que vinha sendo praticado na cristandade, especialmente a portuguesa. O fato de o desastre ter sido provocado pela sucessão de um terremoto (terra), um incêndio (fogo) e um tsunami (água) caiu como uma luva para os carolas que apontavam a mão de Deus, ou castigando de uma vez, ou quem sabe dando apenas uma amostra do que poderia ser o castigo final. Os questionamentos retrógrados e ultramontanos ao trabalho de Pombal se tornaram cada vez mais explícitos, especialmente por parte dos jesuítas, algo que muito contribuiu para a decisão, alguns anos mais tarde, de expulsar a Companhia de Jesus dos domínios portugueses, Brasil incluído. O confronto entre Pombal e a Companhia de Jesus viria a ficar tão intenso que até mesmo uma celebridade, o padre jesuíta italiano Gabriel Malagrida, tido como santo por muita gente, um pregador radical que gozara de grande prestígio, em anos anteriores, com o rei João V (o pai de D. José I), terminou condenado a morrer queimado em praça pública, no Largo do Rossio em Lisboa, em 1761.

De qualquer forma, a necessidade de confrontar essa onda de jesuítas, filósofos conservadores e demais clérigos atrasados (e potencialmente neocruzadistas) se tornara ainda mais urgente para a administração pombalina, e poucas ações poderiam ter um efeito simbólico mais intenso (naturalmente somada aos benefícios econômicos e geopolíticos) do que o abandono da antiga praça de Mazagão.

Digressão feita, volto ao fio da meada. E registro que no fim das contas, enfim, passei um dia mais do que agradável ao ficar "preso" em Lisboa. Almocei num pequeno restaurante junto da praça Vasco da Gama, com mesas externas, bem perto dos Jerônimos. Revi a Torre de Belém, o próprio museu dos Jerônimos, que estava com uma exposição sensacional sobre pré-história portuguesa na região de Loulé, fui ao Museu de Arte Popular, onde, além de uma mostra de ferramentas agrícolas portuguesas do século XIX, havia uma inesperada exibição de obras de Escher, que meu pai adorava e eu não entendi o que estava fazendo ali, mas não me importei. Enfim, foi um dia delicioso.

Mas a verdade é que em Mazagão eu tive muito mais sucesso em sentir o clima vivido pelos antigos mazaganenses do que em Lisboa. Aquela área em volta dos Jerônimos, com suas grandes praças gramadas, museus, avenidas largas, pátios de estacionamento, tornava muito difícil imaginar o que teria sido aquilo tudo na segunda metade do século XVIII. Quantas pequenas casas não terão sido demolidas desde então? Quantas daquelas avenidas e praças, quantos daqueles museus de hoje não teriam sido galpões, armazéns e grandes espaços abertos, poeirentos, onde esparsas vacas, cabras e alguns cavalos ficavam a pastar? (De volta a São Paulo, examinando gravuras dos séculos XVIII e XIX, e fotografias do fim do XIX e do começo do século XX que retratavam aquela área, eu pude ver cenas em que o mar estava muito mais perto do Convento dos Jerônimos do que está hoje, e outras em que havia bonde passando e casas bem perto do prédio, coisas que absolutamente não são parte da paisagem atual). Não é à toa que a produção do filme já havia me comunicado que não haveria locações em Portugal. Para relatar o período em que os mazaganenses viveram (esperaram) em Lisboa, usaríamos o recurso de voz, em off, enquanto a tela exibiria uma sequência de imagens antigas (gravuras e telas) da área da Torre de Belém e dos Jerônimos.

A travessia que fiz confortavelmente, por ar, entre Casablanca e Lisboa, os antigos moradores da praça-forte no Marrocos fizeram sofrendo, amontoados, com seus pertences abarrotados nos porões de navios. Eles zarparam da praça-forte no dia 11 de março de 1769, numa operação planejada para ser extremamente organizada, mas que, inevitavelmente, teve sua dose de confusão. O que é compreensível, porque não se tratava, afinal, de soldados se retirando de um campo de batalha, mas de famílias de moradores, com o máximo de pertences e animais que pudessem carregar, indo embora. Se o lado emocional pesava, pois estavam ficando para trás infinitas memórias, além dos corpos de entes queridos enterrados no cemitério de Mazagão, havia a urgência das questões práticas: precisariam ser embarcados com os que iam embora pelo menos parte do que possuíam, fossem móveis, animais, objetos, roupas, armas ou ferramentas. Instruções detalhadas a respeito disso tudo vinham chegando de Lisboa há meses. Mas uma coisa é o que a burocracia pombalina planejou e registrou no papel, e outra, bem diferente, foi ter que sair às pressas e, em meio ao tumulto que toma conta das ruas, olhar para a casa em que se viveu a vida inteira, e decidir, em minutos, o que ia ficar e o que iria embora.

A decisão de deixar Mazagão existia pelo menos desde 1763, oito anos após o terremoto. Foi nesse ano que o sobrinho de Pombal, Dinis Gregório de Melo Castro, foi nomeado governador da praça-forte. O levantamento do que precisaria ser feito para levar a cabo a operação teve início assim que D. Dinis desembarcou no Marrocos, com a maior calma e sigilo possíveis. Mas, desde meados de 1767, o que era para ser pensado com tranquilidade ganhou ares de urgência. É que os marroquinos, agora armados com artilharia mais poderosa, voltaram a reunir um grande exército em volta de Mazagão. Era a maior concentração de tropas inimigas desde o grande cerco de 1561. Para todos os lados que de Mazagão se olhasse, exceto o mar, uma profusão de bandeiras mouras balançava ao vento. Mais e mais soldados inimigos chegavam, montavam barracas e cavavam trincheiras. À noite, contam os relatos da época, todo o horizonte ficava iluminado, salpicado das fogueiras nos acampamentos mouros.

Os mazaganenses já não podiam deixar a cidade por terra, ficando sem acesso aos pomares, às hortas e aos pastos para os animais. O abastecimento passou a depender integralmente de Lisboa, vindo por mar, mas as chegadas eram inconstantes, e frequentemente traziam alimentos já estragados. Em janeiro de 1768 a situação atingiu um ponto crítico e a fome começou a assombrar Mazagão. Chegaram a ocorrer saques aos armazéns reais. Mas a metrópole, bem ou mal, prosseguia enviando recursos, e assim a cidadela conseguiu atravessar mais aquele ano. Escaramuças e pequenos enfrentamentos ocorriam, os mazaganenses continuavam a fazer seus ataques surpresa contra os marroquinos, mas mais e mais soldados mouros continuavam a chegar, e o balanço de forças não deixava dúvidas que um ataque massivo era iminente, com ampla vantagem numérica a favor dos mouros. Em dezembro, os marroquinos já somavam cerca de 120 mil soldados, contra os menos de 3 mil mazaganenses espremidos dentro das muralhas. E havia agora duas diferenças em relação ao grande cerco de duzentos anos antes: a primeira é que as armas de artilharia haviam evoluído consideravelmente e agora os estragos que os canhões marroquinos podiam causar às grossas muralhas de pedra eram muito maiores. E a segunda, mais importante, como vimos, é que a Coroa portuguesa já não tinha interesse em conservar Mazagão, muito pelo contrário. A decisão de abandonar a praça já estava tomada pelo menos quatro anos antes desse cerco começar. A questão para o governo português não era entre ficar e ir embora, mas em como ir embora conservando a dignidade e o prestígio, fazendo parecer que se tratava de um ato soberano e modernizador, sem deixar denotar, para europeus e portugueses, que o que estava havendo era uma rendição, ou fuga, diante de uma ofensiva moura.

Assim, quando o ano novo de 1769 chegou, em Mazagão ele chegou vertiginoso. De um lado, na cidadela, todos os habitantes se prepararam para uma guerra duríssima que imaginavam ser inevitável; mas de outro, as autoridades aceleravam o planejamento da retirada, e a troca de correspondências entre Lisboa e o governador da praça chegava a minúcias, como sobre a ordem de se levar embora objetos sacros das igrejas, para que não pudessem ser profanados e exibidos por troféus pelos infiéis, ou em relação à necessidade de se fundir os canhões que não pudessem ser carregados, para que não fossem futuramente aproveitados pelos marroquinos.

Além disso, abriu-se uma negociação secreta entre a Coroa portuguesa e o sultão Mohamed, tratando das condições para a saída portuguesa e da troca de prisioneiros. Portugal prometia deixar Mazagão intacta, ao passo que o sultão garantia que todos poderiam ir embora em segurança, e que seus homens só atravessariam os portões quando não houvesse mais portugueses do lado de dentro. Portugal, mais tarde, descumpriria suas promessas, colocando minas explosivas nos portões da cidade, fazendo com que os primeiros soldados marroquinos que entraram em Mazagão morressem com as explosões que destruíram pontilhões, portões e muros. Mas, antes que aquele dia chegasse, o que importava é que um acordo estava sendo firmado, e que, portanto, não haveria mais como voltar atrás.

No dia 3 fevereiro, zarpou do Tejo, rumo a Mazagão, uma frota de catorze navios, dos quais três eram vasos de guerra e, os restantes, cargueiros. A retirada ocorreria pouco mais de um mês depois. Quando a profusão de velas brancas surgiu no horizonte, os mazaganenses comemoraram, acreditando que reforços decisivos estavam sendo enviados pelo rei. Mas as negociações para a retirada entre os diplomatas do sultão e de D. José já iam adiantadas e aqueles navios não estavam lá para levar reforços militares, mas sim para carregar, para longe de lá, os moradores. Assim que a frota atracou, o segredo sobre a retirada não teve mais como ser mantido, e logo os mazaganenses começaram a extravasar seu desespero.

Não é difícil imaginar o choque vivido por pessoas nascidas e criadas para enfrentar os mouros, filhas e netas e bisnetas de gente nascida e criada com o mesmo propósito, quando de repente ficaram sabendo que teriam que ir embora, deixando para trás suas casas e a vida que sempre tiveram, e que os mouros, enfim, venceriam. Uma rebelião chegou a ser ensaiada, e por algumas horas conseguiu desestabilizar a ordem dentro das muralhas, mas acabou controlada pelo governador, com o decisivo apoio dos soldados que não eram mazaganenses nativos.

Os preparativos para o abandono de Mazagão, a partir de então, se tornaram frenéticos. No dia 8 de março foi assinada uma trégua, que deveria entrar em vigor três dias depois. Deste dia até a retirada, a movimentação seria intensa, pois o que então teve início foi uma gigantesca operação de mudança. Tanto assim que, no dia 10, à tarde, o embarque já estava quase concluído. Crianças e mulheres foram na frente, civis do sexo masculino em seguida. Em sua última noite sob domínio português, apenas o governador, membros da administração e os soldados dormiram em Mazagão, mas todos eles começaram a ir para os navios ainda antes de clarear o dia.

Os últimos a sair foram os militares especialistas em explosivos, que haviam sido trazidos de Lisboa com a flotilha, e que antes de embarcar armaram os explosivos que pretendiam matar os primeiros invasores e danificar as muralhas ao ponto de, se possível, deixá-las inutilizadas para propósitos defensivos (missão na qual, aliás, tiveram algum sucesso). O último bote, já saindo com a maré bem seca, quase ficou para trás, mas no fim tudo deu certo, e antes do meio-dia as embarcações já iam ganhando o alto-mar, e assim, onze dias depois (o mesmo trajeto que eu fiz pelo ar em pouco mais de duas horas), a flotilha de catorze navios estava entrando no Tejo e atracando no cais de Belém. Paradoxalmente, e muito a contragosto, depois de duzentos anos esperando por outra grande batalha, quando essa se apresentou no horizonte, os mazaganenses foram obrigados a fugir sem ter a oportunidade de enfrentar o inimigo, de lutar e, ainda que morressem na empreitada, de ir ao encontro de um destino pelo qual tanto ansiavam, que era ancestral e único.

23

Ai amigo, responde o Africano
em lágrimas banhado e com suspiro
Já ficou Mazagão abandonado
Já a Praça ficou em seu poder
Já ficou todo o povo despejado
Já não há em Mazagão mais que fazer
Já tudo pelo mar vem embarcado

Que mais quereis saber de um desgraçado
Vê-se agora a me chorar meu peito erra
Pois me vi em um instante obrigado
A perder para sempre minha terra
Ficando atrito, nu despadafiado.

Estes versos de um mazaganense exilado, que são parte de um longo poema escrito em Lisboa pouco tempo depois do desembarque, conseguem transmitir, melhor do que qualquer descrição que alguém possa fazer, o ânimo dos exilados naqueles dias.

Destituídos do lar de origem, sem conhecer o que o destino os aguardava do outro lado do Atlântico, teve início então, para os destituídos de Mazagão, um tedioso período de espera no bairro de Belém, em Lisboa. O delirante e tecnocrático planejamento original falava em quinze dias de permanência em Portugal antes de embarcar para o Brasil, mas é claro que não foi assim que se deram as coisas, e no final das contas os mazaganenses acabariam por permanecer nos arredores do Convento dos Jerônimos, por seis longos meses. Um tempo em que aquelas pessoas viveriam no vácuo, de certa forma até mesmo desprovidas de suas identidades, pois a mudança que experimentavam era infinitamente maior do que uma mudança de endereço, ou mesmo muito maior do que uma imigração, quando, de alguma forma, quem viaja sente que um dia poderá voltar à terra natal (pois há os que, de fato, conseguem, um dia, regressar). Mas este não era o caso. Porque o ponto é que os antigos moradores de Mazagão não só não tinham para onde voltar, como já não eram o que eles e seus antepassados haviam sido no passado, os heroicos defensores de um bastião da cristandade em terras infiéis. E, ao mesmo tempo, ainda não eram o que diziam a eles que viriam a ser, os pioneiros da civilização portuguesa na floresta amazônica. Aliás, o que poderiam os mazaganenses do século XVIII, nascidos e criados nas bordas do deserto, hábeis no uso de cavalos, espadas e canhões, imaginar que poderia ser a vida de abrir uma colônia agrícola em plena floresta amazônica, onde suas ferramentas seriam facões, pás e enxadas? Em vez de enfrentar mouros, lidariam com serpentes, com a umidade, com a floresta.

A Mazagão africana teve, desde o início, uma população dividida em dois grupos. Havia os moradores permanentes, que ficavam, casavam, nasciam e morriam na cidadela (grupo que incluía nobres e plebeus), e os que se dirigiam ao Marrocos para permanecer por algum tempo, por obrigação, como soldados e funcionários da administração, e outros por escolha, como jovens cavaleiros fidalgos em busca de glória e fortuna. Os mazaganenses que seriam enviados para o Brasil faziam parte do contingente permanente, e somavam duas mil e poucas pessoas, compostas por pouco menos de quatrocentas famílias, além de quatro padres e algumas dezenas de soldados solteiros e desenraizados. No Convento dos Jerônimos ficaram hospedadas noventa famílias. Nos armazéns de Belém, foram 84. Por ali também, nos galpões do Arsenal, outras 49. Algumas famílias ficaram em casas de parentes, muitas delas em locais não identificados (e não necessariamente, portanto, nos arredores da Torre de Belém), mas como a parte central de Lisboa naqueles dias ainda era, por conta do terremoto, um canteiro de obras, é provável que a maioria tenha permanecido por ali mesmo.

A partida para o Brasil, em dez navios, se deu no dia 15 de setembro de 1769. Junto com os passageiros e seus pertences, iam, nos porões: martelos, facões, pás, fechaduras, limas, enxadas, enxós, serras, e também mil fuzis, com abundante suprimento de chumbo e pólvora. Muito antes da data da partida, o governador do Grão-Pará já havia recebido uma série de instruções de Lisboa. Parte delas tratava de solicitações para localizar, com urgência, em algum ponto na margem superior do Amazonas, o melhor lugar para planejar e começar a construir a nova cidade. A outra parte das mensagens, repetindo os dilemas já vividos pelos exilados em Lisboa, pedia que se fizesse um levantamento de acomodações disponíveis, em Belém do Pará, para hospedar os mazaganenses em trânsito, enquanto a nova Mazagão não fosse concluída. E, no Pará, a questão viria a ser muito mais complicada do que nos arredores do Convento dos Jerônimos, porque, apesar de ser a capital da província, a cidade era pequena e com poucos prédios públicos. O que acabaria acontecendo, nesse caso, é que quase todos os viajantes precisaram ser abrigados, temporariamente, em residências particulares, num esforço que mobilizaria, pela força, grande parte da população local.

O mau tempo e ventos desfavoráveis levaram a frota a se dividir em dois grupos. Um deles atravessou o Atlântico em 55 dias, enquanto o outro demoraria 11 dias mais. No total, dezenove pessoas perderam a vida durante a travessia. E a espera em Belém do Pará seria mais longa e bem diferente da anterior, em Lisboa. Agora, a partida para o lar definitivo ocorreria em etapas, conforme as casas na nova Mazagão fossem ficando prontas. A demora e o convívio próximo com famílias locais, acabaria por criar problemas adicionais, como o estabelecimento de atividades profissionais em Belém e casamentos entre mazaganenses e paraenses, com o consequente nascimento de crianças, fazendo com que alguns alegassem essas novas condições para tentar evitar uma nova mudança.

De um jeito ou de outro, porém, o transporte das primeiras famílias, de Belém para o destino final, a nova Mazagão, teve início em maio de 1771, ou seja, um ano e meio após a chegada ao Pará. Mas seria somente em janeiro de 1777, ou seja, oito anos depois do abandono da Mazagão marroquina, que os últimos mazaganenses partiram da capital da província para o definitivo endereço amazônico. As viagens entre Belém e a nova Mazagão eram feitas em grandes canoas, capazes de transportar animais e móveis, e seguiam por rios e igarapés que margeavam a Ilha de Marajó pelo lado sul, que é protegido do mar aberto. O caminho traçava um complexo zigue-zague, aumentando a distância percorrida, mas era muito mais seguro seguir assim do que contornando a ilha de Marajó pelo norte, onde os viajantes seriam obrigados a navegar entre o oceano Atlântico e a imensa foz do Amazonas.

O lugar escolhido para abrigar a nova cidade, aquele mesmo em que eu estive com Sofia observando o trabalho da equipe de arqueólogos, foi um sítio às margens do Rio Mutuacá. De um ponto de vista estratégico, quando se olha o mapa, o local parecia excelente. Na prática, como Sofia me explicou (e mostrou) enquanto estive lá, a escolha foi péssima. O maior problema era o solo, excessivamente úmido mesmo para padrões amazônicos, que acabaria por se mostrar, no futuro, um implacável devorador de casas e de colheitas armazenadas.

Ainda assim, mesmo que humilhados e lançados num ambiente hostil e totalmente estranho a eles, os mazaganenses se esforçaram. Mesmo que mais afeitos a pegar em espadas no deserto do que em enxadas na floresta amazônica, eles, que eram intrinsecamente patriotas com todas as forças, sinceramente tentaram. No começo, até pareceu, para alguns, que teriam sucesso. Repetindo a estrutura hierárquica da Mazagão marroquina, a cidade teve administradores, câmara municipal e polícia. Contava com mestres marceneiros, carreadores, ferreiros, serradores, médicos, padres e... claro, indígenas escravizados para fazer o trabalho pesado (da mesma maneira como, no Marrocos, eles haviam contado com mouros e negros escravizados). Os novos agricultores logo se dividiram entre os bem-sucedidos e os nem tanto. Em geral, quanto maiores e mais intactas as famílias, mais favoráveis as condições para comprar escravos e, portanto, melhores as possibilidades de sucesso. As viúvas sem filhos e com pouco dinheiro, por exemplo, tinham remotíssimas chances de prosperar. Mas, de um jeito ou de outro, e apesar de tudo, a década de 1770 apresentou-se promissora para a nova vila.

No fim das contas e no longo prazo, porém, aquela insanidade amazônica não tinha mesmo como dar certo. O clima não ajudava, o solo não ajudava, a distância de Belém e Macapá não ajudava. Plantar, colher e armazenar safras naquele lugar, dentro da úmida e chuvosa floresta amazônica, era difícil, e escoar o resultado da produção, mais difícil ainda. Assim, pouco a pouco, a partir de um certo momento, os mazaganenses começaram a desanimar. E debandar. Alguns se aproveitavam de qualquer desculpa para viajar e, uma vez longe de lá, não regressavam. O mais comum era ir à Belém sob o pretexto da necessidade de se fazer algum tratamento médico ou para tratar de negócios, e em seguida, desaparecer. E, ao longo dos anos, a debandada dos habitantes, a princípio tímida e puxada pelos menos bem-sucedidos, foi gradativamente se acelerando.

Passaram-se os anos, D. José morreu, D. Maria I (que ficaria conhecida como "D. Maria, a Louca", mas que, naqueles dias, ainda era lúcida) subiu ao trono, Pombal caiu em desgraça, o século XIX chegou, Napoleão invadiu Portugal, o Rio de Janeiro recebeu a família real em fuga, o país virou Reino Unido, D. Pedro cresceu, passou de príncipe português a imperador de um Brasil independente e, durante todo esse tempo, alguns mazaganenses mais renitentes, dos quais poucos dos nascidos no Marrocos ainda viviam, prosseguiam insistindo em sua batalha contra a floresta. Mas os que resistiam eram menos e menos numerosos. A civilização parecia estar cada vez mais longe, e a conclusão inevitável, mesmo para os mais teimosos, era a de que não havia futuro possível naquelas terras. O êxodo se ampliava e cada família que ia embora colocava uma pressão adicional e inevitável sobre as que ficavam. Até que, num determinado ponto, a situação dos teimosos se tornou insustentável. Não temos como precisar exatamente quando isso aconteceu, mas sabemos que, em 1833, os derradeiros moradores receberam uma notificação do presidente da província do Pará, avisando que Mazagão, por estar tão depauperada de gente, já não poderia usufruir do status de vila. Os últimos residentes foram obrigados a se convencer de que estava na hora de ir embora. E então eles foram. Este documento de 1833 é a última menção oficial conhecida à vila de Mazagão. Dali em diante, os campos plantados, as casas, as ruas, a igreja, tudo seria engolido pela mata, desaparecendo da face da terra, até que alguns arqueólogos amapaenses e pernambucanos fossem lá para examinar o terreno e verificar que marcas haviam sido deixadas por aquela tentativa de civilização transplantada no solo amazônico.

Os descendentes dos fidalgos e dos soldados que, por séculos, haviam enfrentado os mouros no Marrocos, e que atravessaram o Atlântico para recriar a luta (alguma luta) em plena floresta equatorial, estariam, daí por diante, se vivos, definitivamente desenraizados, vivendo e formando novas famílias em Belém do Pará, em Macapá ou, num percentual impossível de mensurar, espalhados pelo Brasil ou, quem sabe, até mesmo embarcados de volta a Portugal.

A produtora para a qual eu estava trabalhando me deu o privilégio de conhecer a Mazagão original e (o que restou da) sua "filha" amazônica, as duas faces de uma mesma loucura colonial, de um mesmo dispendioso e impressionante fracasso. E Sofia me deu o privilégio de entender melhor aquilo tudo, e de conseguir vislumbrar, no meio da mata, entre buracos, fios e bandeirinhas espetadas no chão, uma cidade onde pessoas nasceram e morreram, compraram e venderam, amaram e sofreram, circularam pelas ruas, foram a missas, se confessaram, visitaram-se umas às outras, ficaram doentes e melhoraram, ou pioraram, fofocaram, traíram seus cônjuges ou foram por eles (as) traídos (as), ocuparam cargos públicos, reclamaram, exigiram, recorreram à justiça...

Enfim, na clareira aberta naquele matagal, entre tendas, buracos e bandeirinhas de marcação, Sofia tentou me mostrar que por ali circularam pessoas de verdade, pessoas que em muitos casos haviam nascido muito longe daquele lugar, mas que ali estavam, por circunstâncias completamente alheias à vontade delas, levando adiante uma desesperada tentativa de se erguer uma cidade que eles jamais quiseram erguer, num lugar absurdo, onde não seria razoável, ou mesmo viável, fazê-lo.

A catedral de Argel, Argélia

24

Uma das vantagens de ter feito sozinho uma viagem tão longa até a Mazagão marroquina — com aquelas intermináveis horas de voo, de chegadas antecipadas aos aeroportos para check-in, de longas esperas por conexões, sem falar no dia e no pernoite que precisei fazer em Lisboa na volta, além das noites solitárias em El Jadida —, foi que tive tempo de sobra para pensar, divagar e ler. Pensei muito em Sofia, pensei nos dias da Mazagão amazônica, de Macapá, nas conversas que tivemos, nos nossos jantares, nas noites em que compartilhamos a mesma cama (que não era de casal, mas de viúva, deliciosamente apertada). E ficava sonhando acordado com as perspectivas de um futuro com Sofia, ao mesmo tempo em que, quando me via mais acordado do que sonhando, pensava no quanto aquele seria um sonho difícil de se concretizar.

Amor e tesão à parte, os motivos para que houvesse mais pessimismo do que otimismo, ao se considerar um futuro compartilhado, eram óbvios. Sofia vinha construindo uma sólida carreira de arqueóloga no Amapá, estava prestes a defender o mestrado, o doutorado viria em seguida (o qual, possivelmente, segundo ela me confidenciou, por conta dos contatos da professora Cristiana Arruda, ocorreria fora do Brasil, provavelmente na Europa), e tudo indicava que Sofia viria a ser contratada como assistente da orientadora, a quem costumeiramente já ajudava, fosse substituindo em aulas, corrigindo trabalhos e provas ou — como fez comigo — ciceroneando visitantes de fora.

Do meu lado, em São Paulo, eu vivia de escrever roteiros (resenhas e traduções de poemas, que eu também fazia, não me remuneravam a ponto de levar isso em conta nas contas do dia a dia). E, se é verdade que é possível escrever em qualquer lugar, poucas cidades no Brasil, fora do eixo Rio-São Paulo, oferecem, com alguma constância, trabalhos para roteiristas. E Macapá, definitivamente, não é uma delas. Para piorar, nesse nosso país de dimensões continentais, não seria possível pretender que um relacionamento mantido entre Macapá e São Paulo pudesse ser classificado como um namoro de ponte-aérea. Com 2.668 quilômetros separando, em linha reta, as duas cidades, a distância entre as capitais de São Paulo e do Amapá equivale mais ou menos ao que se percorre para ir, na Europa, de Lisboa a Atenas... Mas, apesar de todas essas dificuldades nada subjetivas, Sofia e eu realmente gostaríamos de (e sinceramente pretendíamos) encontrar uma solução. Até combinamos de aproveitar a viagem juntos, para a Mazagão marroquina, para falar do assunto, mas, como expliquei antes, ela não pôde ir comigo. Acertamos, então, um encontro para breve, em São Paulo, quando, além de namorar, pensaríamos sobre nossas perspectivas e tentaríamos planejar um futuro compartilhado. Era complicado, sabíamos, não nos iludíamos. Mas estávamos decididos a tentar achar um caminho.

Além das questões ligadas ao meu futuro com Sofia, durante a viagem ao Marrocos, com as intermináveis horas solitárias em aviões, saguões de aeroporto e quartos de hotel, tive muito tempo para ler. Minha mochila estava repleta de livros de Camus e sobre Camus; de Fanon e sobre Fanon; de Santo Agostinho e sobre Santo Agostinho; sobre Mazagão, a história de Portugal, a história da Argélia, a história do Marrocos. Mas o importante, como sempre, não são os quilos de leitura, mas algum insight que a gente de repente possa ter, lendo um trecho de um parágrafo aparentemente pouco importante, ou no dia seguinte à leitura, quando não estamos fazendo nada, e de repente surge na mente uma ideia que faz com que tudo o que estávamos lendo ganhe, sem que a gente espere, um significado completamente novo. É por isso que é geralmente quando estamos fora do tempo do dia a dia, da correria, da rotina, que, vez ou outra, somos acometidos por alguma boa ideia.

Uma das ideias que tive, durante a viagem, foi provocada pelo sol. A outra, em decorrência da primeira, foi fruto das ruínas romanas. Já escrevi que André Giraud não simpatizava com Camus, a quem, contudo, sempre citava (pelo menos para meu pai, no Mato Grosso); mas gostava de Santo Agostinho, a quem, também, sempre citava. Camus, por sua vez, nunca conheceu Giraud, mas conheceu inúmeras pessoas com o mesmo perfil, e Giraud, claro, compartilhava com Camus uma série de coisas, a começar pelo fato de ambos serem *pieds noirs* e de gostarem de Santo Agostinho. Santo Agostinho, por sua vez, era também um *pied noir*, ainda que *avant la lettre*. Não conseguimos, porém, saber ao certo se havia, por parte da elite romana nascida na Itália, nos tempos de Agostinho, algum tipo de preconceito com relação aos "africanos", o qual, se houve, não seria diferente do que teria sido um sentimento negativo, tão comum nas sociedades humanas, contra os nascidos em qualquer outro ponto do império que não fosse a Itália. Alguns autores sugerem que havia, sim, muito preconceito. Outros dizem que não. Eu tendo a concordar com a turma do não, ou a aceitar que, se houve preconceito, não foi assim tão sério. Uma das marcas interessantes desse império foi a maneira como incorporavam os povos conquistados, desde que se submetessem à Pax Romana. Pois Trajano e Adriano, dois dos mais celebrados imperadores, não eram espanhóis? E não reinou também, por alguns anos, um imperador nascido na Síria, um tal de Heliogábalo? Quanto ao norte da África, não se pode esquecer do imperador Lúcio Sétimo Severo (145–211), nascido na atual Líbia e um "legítimo" africano, pois, filho de mãe berbere e pai cartaginês, não tinha um único antepassado italiano. Na esfera do cristianismo romano, a presença africana foi bem importante, pois houve nada menos do que três papas (depois santos) de origem berbere: Vítor (morto em 199), Melquíades (morto em 314, mas que era papa quando Constantino publicou o Édito de Milão) e Gelásio (morto em 496). Além disso, o norte da África era uma região rica — foi considerada por muitos séculos como o celeiro de Roma —, e Cartago chegou a ter 500 mil habitantes numa época em que foi a segunda maior cidade da parte ocidental do império. Assim, apesar do que afirmam alguns historiadores, me parece haver bons argumentos para se duvidar de que houvesse algum preconceito consistente (para além do tão comum bairrismo) em Roma, contra romanos nascidos na África.

De uma forma ou de outra, porém: por mais que Giraud não gostasse de Camus, e que Camus e Giraud desprezassem a religiosidade de Agostinho, os três eram *pieds noirs*. Os dois primeiros, franceses que não eram vistos como plenamente franceses, e o terceiro, um romano que era (ou não) visto como um romano da periferia. Todos os três, objetivamente falando, norte-africanos. Todos os três nascidos numa terra que se chama, hoje, República Argelina Democrática e Popular. Mas há mais do que geografia a uni-los: todos os três nasceram em universos que pareciam eternos. O Império Romano do jovem Agostinho, embora já tivesse perdido a grandeza de outros tempos, ainda era uma sólida realidade de meio milênio de existência, e dominava a quase totalidade do mundo conhecido por ele. Ou seja, quando Agostinho estava entrando na vida adulta, era possível imaginar um Império Romano diferente do que havia sido no passado (por exemplo, cristão em vez de pagão), mas não era possível imaginar um mundo sem um Império Romano. O império francês das infâncias de Camus e Giraud não soava, para eles, muito diferente disso. Porque, embora a França não fosse uma nova Roma, ou seja, a França não era a única potência ocidental no mundo, nem mesmo a mais forte, ela era grande e poderosa o suficiente para, pelo menos nas áreas mais importantes de seu império — como a Argélia — parecer, aos seus colonos francófonos, como uma realidade estável e eterna.

Sentado numa poltrona na janela do avião, do lado esquerdo, eu via o sol matinal, vindo do leste, fazendo brilhar a asa prateada do Airbus A-330, refletindo direto no meu rosto, intenso a ponto de me ofuscar a visão. Comecei a pensar no sol.

E me ocorreu que uma coisa que me chamou a atenção foi a coincidência de, tanto Camus quanto Giraud, se referirem com emoção e saudades do sol argelino — como aquele sol era único, como aquecia de um jeito diferente, como brilhava de um jeito que só ele brilhava, como era mágico estar sob sua luz, seu calor, etc. É claro que, de certa forma, isso pode parecer óbvio. Fora o patriotismo romântico (as aves que aqui gorjeiam não gorjeiam como lá), se você está em uma cidade mais ao norte da Europa, como Paris, ou mesmo na São Paulo da garoa de outros tempos, o contraste com a insolação mediterrânea do norte da África será evidente. Mas Camus, quando não estava na Argélia, passava boa parte do tempo em cidades do sul da França, mediterrâneas como Argel, ao passo que Giraud viveu em muitas localidades tropicais do Brasil, o que deixa difícil sustentar, de maneira objetiva, que o que eles diziam sobre o sol fosse realmente o ponto.

O que de fato acontecia com aqueles dois era a sensação de perda, de injustiça, de exílio. O calor do sol, então, seria muito mais afetivo do que real. É claro que, na pirâmide social argelina, tanto Camus quanto Giraud, se não no topo, tampouco estavam na base, pois a base era o lugar dos árabes. Ambos eram, em última análise, descendentes de invasores. Apesar de pobres, dispunham de privilégios sociais, políticos e jurídicos. Um argelino árabe tão pobre quanto Camus teria podido usufruir das mesmas oportunidades educacionais? Um argelino árabe, pobre como Giraud, teria tido acesso às terras como teve a família deste? Não e não. É inegável que, apesar de pobres, Camus e Giraud eram privilegiados. Mas, se é fácil ver as coisas dessa maneira hoje, décadas depois, com um distanciamento até meio acadêmico, seria muito mais difícil para eles enxergar isso naquela época, quando ambos, Camus e Giraud, estavam falando do país onde haviam nascido, onde seus pais e avós haviam nascido, na qual eles e suas famílias, que eram pobres, trabalhavam duro para sobreviver. Como, naquele contexto, poderíamos cobrar deles, que pudessem ver-se a si mesmos como invasores imperiais, como seres colonialistas? De todo modo, olhando o sol pela janela do avião, me ocorreu que o sol argelino, onipresente nas memórias de Giraud e nos ensaios de Camus, brilhava com a intensidade, e o calor que aconchegava, não tanto por ser um sol especial, mas simplesmente por ser a luz perdida da infância, da adolescência, da segurança perdida do lar materno.

Segundo meu pai contava, nas conversas que tinham à noite, em volta do fogo, no Mato Grosso, Giraud sempre perguntava: "a quem pertence a terra?" E aqui chegamos a um ponto importante, que foi outra das coisas em que pensei durante minha viagem à Mazagão marroquina: do ponto de vista que Giraud defendia para meu pai (com o qual Camus concordaria, diga-se) ao longo da longa história argelina, muitos povos passaram por ali. Os franceses foram um deles, os súditos do Império Otomano, outros. Mas, além deles, houve gregos, fenícios, cartagineses, romanos, vândalos, judeus, espanhóis... Que direito teria um italiano, por exemplo, de desembarcar em Argel e reivindicar um pedaço daquela terra, alegando ter pertencido a seus antepassados romanos? Ou, por outro lado, que direito teria um berbere argelino de expulsar um judeu, igualmente argelino, cuja família vivia naquele país desde que havia sido expulsa da Espanha, há quinhentos anos? Me parece claro (não era tão claro para meu pai) que, com esse raciocínio, Giraud simplificava as coisas. Independentemente de longínquos fenícios ou romanos, quem estava naquelas terras, quando os franceses desembarcaram dando tiros, eram os árabes. Os franceses não expulsaram, de suas terras, agricultores fenícios ou romanos, mas sim, árabes. Se Agostinho possuía justos argumentos para reclamar de invasores vândalos, ele nada poderia falar a respeito de árabes dos séculos XIX e XX. Mais uma vez: ainda que se possa compreender, de um ponto de vista emocional e afetivo, as reclamações de Giraud (e de Camus), fica difícil negar que eles, infelizmente, estavam do lado errado da história.

Camus, com um brilho filosófico que Giraud jamais poderia pretender possuir, fez uso dos melhores argumentos que podia. A influência, nele, de Santo Agostinho, por exemplo, era maior do que grande parte das pessoas percebeu, e ele usava isso muito bem. Numa carta ao poeta René Char, de 7 de novembro de 1949, Camus escreveu que: "a verdade é que é preciso conhecer o amor antes de se conhecer a moralidade, caso contrário ambos fracassarão." Ora, há um texto que Agostinho escreveu ainda jovem, no qual pede a Deus que lhe dê a capacidade de ser casto, mas não tão cedo, porque ainda quer aproveitar a vida. De onde mais poderá ter vindo a frase de Camus? Para Agostinho, a Argélia era romana e cristã. Estar perto daquele santo era estar alicerçado em bons argumentos pró-ocidente. Camus, mais racionalmente, e Giraud, mais intuitivamente, tinham em Santo Agostinho, inegavelmente, um norte.

Eu ia vendo o sol, o céu azul e as nuvens da janela do avião, e minha cabeça ia pensando que Agostinho exprimia, menos do que pelo que pensou e escreveu, e mais por quem foi, que a Argélia, muito antes de ser muçulmana ou francesa, foi primeiro romana e cristã. E aí, enquanto a comissária de bordo vinha passando com o carrinho, trazendo o almoço, me lembrei de que a tese acadêmica de Camus, na Universidade de Argel, tratava também do filósofo neoplatônico Plotino e de que, por coincidência (ou nem tanto), este, ainda que culturalmente grego, havia nascido também no norte da África, mesmo que, neste caso, o lugar de origem fosse o Egito. O norte da África e o sul da Europa eram, para Camus, partes espelhadas de uma mesma, antiga e ensolarada civilização, a mediterrânica. Uma civilização que aceitou muitos povos, muitas culturas, muitas religiões, que deveria sempre absorver, e jamais expulsar, quem quer que fosse. Assim que terminei minha refeição, peguei um dos livros que carregava na mochila e fui atrás de textos que pudessem fortalecer as hipóteses que eu formulara.

Ao longo do processo de gestação deste texto, a fim de entender melhor sobre o que eu estava falando, é natural que, entre outras coisas, eu tenha lido tudo o que pude de Camus e sobre Camus. Dele, li desde os livros mais conhecidos, como *O estrangeiro*, *A peste*, *O mito de Sísifo*, *A queda*, *O primeiro homem*, até os textos menos festejados (onde estão, na minha opinião, algumas das mais belas linhas escritas por ele). E, dentre esses textos "menos festejados", havia um livro na minha mochila que, na edição norte-americana, reunia uma série de ensaios, originalmente editados em francês em mais de um volume. O título é

Lyrical and critical essays, que eu tinha na edição em brochura, pela editora Vintage, de Nova York. No avião, quando me levantei da poltrona para abrir o compartimento de bagagens de mão, para pegar, abrir e tirar da minha mochila o volume, eu já havia pensado nas coisas que relatei acima, de modo que sabia muito bem o que estava procurando.

E o que eu buscava eram dois ensaios. O primeiro deles, "Núpcias em Tipasa", foi originalmente publicado em livro no volume *Noces* (Núpcias), de 1938. O segundo, "Voltando a Tipasa", em *L'Eté* (Verão), saiu em 1954. E agora, ao relê-los, eu quase não conseguia me conter, pois parecia que tudo fazia sentido. Os dois textos, publicados com um intervalo de dezesseis anos, falavam essencialmente de uma mesma coisa: a relação direta entre Camus, a beleza, o sol e o passado romano.

Tipasa, encravada entre rochedos e o mar, foi um importante porto do norte da África romana, e hoje exibe um dos mais exuberantes resquícios urbanos daquele período em todo o Mediterrâneo. A beleza da paisagem, das ruínas, do sol e do mar de Tipasa, faziam com que Camus sentisse que possuía um direito pleno àquela herança. Mas era uma herança, ele deixava claro, que pertencia a todos os que se sentissem parte daquele universo, sem privilégios, sem exclusões. Ele não se sentia dono, mas, por assim dizer, sócio. O primeiro ensaio começa assim:

"Na primavera, Tipasa é habitada pelos deuses, e os deuses se manifestam no sol, no odor das folhas de absinto, na armadura prateada do mar, na crueza azul do céu, nas ruínas cobertas de flores e nas grandes bolhas de luz entre os pedaços de pedra..."

E lá para a frente, no último parágrafo, Camus confessa explicitamente o que já vinha dizendo, de maneira mais sutil, desde as primeiras linhas:

"Pelo menos por ora, o eterno bater das ondas contra a costa me atingiu através de um ambiente que dançava sob o pólen dourado. O mar, a paisagem, o silêncio, os odores desta terra (...). Um amor que eu não era louco o suficiente para reivindicar exclusivamente para mim, com a orgulhosa consciência de que eu a dividia com toda uma raça nascida no sol e no mar..."

Ele se sentia com todo o direito de manifestar seu amor incondicional por aquilo tudo, um amor legítimo, pois aquilo tudo pertencia a ele. Mas, reforçava, sem exclusividade. Outros possuíam um direito equivalente ao dele, e a beleza de Tipasa (e, obviamente, da Argélia) era grande o suficiente para abrigar a todos os que se sentissem seus donos, seus herdeiros. Aliás, como escrevi acima, os berberes (os "árabes" argelinos das montanhas) não haviam sido, antes que existisse o islamismo, pagãos e, depois, cristãos, fornecendo até mesmo três papas (que, depois de mortos, seriam devidamente canonizados) para a Santa Igreja de Roma?

O segundo ensaio foi escrito dezesseis anos depois, em 1953, quando a sobrevivência da Argélia francesa já se mostrava condenada, ainda que a maior parte da comunidade *pied noir* permanecesse esperneando, mais por teimosia do que por qualquer análise objetiva da realidade. Neste segundo ensaio já não se sente o clima ameno e alegre de primavera e de pólens dourados que havia sido registrado em 1937. Estamos agora num verão opressivo, de muita chuva e, ainda que, aqui e ali no texto, Camus se regozije pela paisagem, nada está como antes: o mar vai e volta batendo nas pedras, como se estivesse exausto. Para entrar nas ruínas, agora é necessário que se atravesse cercas de arame farpado. A tristeza de quem parece se despedir, pela última e definitiva vez, de um lugar, está presente ao longo de todo o texto. Sem que se explicite, o estilo aqui denota renúncia, num tom contagiosamente melancólico. Em certo ponto, Camus escreve que foi a lembrança daquele céu que o ajudou a manter-se são, em todos os tempos de loucura e guerra mundial que viveu, nos últimos anos, na Europa. Uma Europa, ele escreve, que não sabe como fazer justiça sem cometer outra injustiça. Ora, na visão dele, isso era exatamente o que a FLN, com o apoio da esquerda francesa, estava propondo para a Argélia: justiça para os árabes, ao custo de injustiça para os *pieds noirs*.

No primeiro ensaio, as ruínas romanas reforçam, para Camus, a ideia de que ele é um legítimo descendente da milenar civilização mediterrânea, a mesma de Plotino e de Agostinho e, assim como os árabes, que também o são, ele tem todo o direito de viver naquelas terras. Já no segundo, nem as velhas ruínas romanas conseguem mais sustentar essa ideia. O que elas passam são sentimentos de injustiça e de antecipada saudade.

No avião que me levava de volta ao Brasil, eu senti que finalmente entendi a essência de Camus, alguém que defendeu, sempre, de modo intransigente e sem medo, tudo que considerava justo, tanto quando isso lhe rendia aplausos, como no enfrentamento aos nazistas, como quando atraía críticas pesadas, como no fim, ao defender o direito dos *pieds noirs* de permanecerem na Argélia.

E entendendo Camus eu também compreendi um pouco melhor André Giraud, que ainda que sem dispor dos recursos intelectuais de seu conterrâneo Nobel de literatura, sofreu, diante da perda do lar argelino, traumas emocionais dos quais jamais se recuperou, e que faria dele alguém incapaz de levar a vida sem correr riscos, alguém que flertava o tempo todo com atitudes quase suicidas. E foi assim que André Giraud levou a vida, até o dia em que, pilotando um pequeno Cessna sobre a Amazônia, esse jeito de viver finalmente cobrou a conta.

Desembarquei em São Paulo ainda com mais vontade de me encontrar com Sofia, de abraçá-la, de compartilhar essas leituras e reflexões, de falar de Camus e do pai dela (de tentar reforçar nela os sentimentos de compreensão e de perdão em relação ao pai), de, mais do que tudo, abraçá-la, aconchegá-la e beijá-la. E queria me encontrar com Sofia, mais do que por qualquer outra razão, para que pensássemos juntos, compartilhando uma garrafa de vinho (de preferência melhor do que os que tomamos na casa dela, em Macapá), como faríamos para tornar possível uma vida em que pudéssemos estar juntos.

O porto de Argel, visto do Almirantado

25

Mas, lamentavelmente, nada do que se referia a Sofia aconteceu como pretendido, ou desejado, ou sonhado. Assim que desembarquei no Brasil, o turbilhão em que me vi envolvido na produtora fez com que eu esquecesse temporariamente de tudo o que não fosse o filme. Mal deu tempo de descansar do voo de Lisboa para São Paulo, pois o que me esperava era a maratona de trabalho exigida para a finalização do roteiro. Foram algumas semanas de atividade frenética, tanto em casa, lendo, escrevendo e revisando, não raro virando noites, quanto na produtora, onde discutíamos exaustivamente cada trecho, as soluções que eu tinha imaginado, e íamos pouco a pouco chegando, enfim, ao que imaginávamos que deveria ser o formato final da obra. Havia impasses na narrativa que em alguns momentos pareciam intransponíveis. Havia também um certo conflito de identidade no filme, que ora pendia para o lado "documentário sério", ora ganhava a leveza de uma conversa entre amigos. Os dois estilos eram importantes e complementares na construção do trabalho, a dificuldade era equilibrá-los de um jeito harmonioso.

Quando sobrava um tempo eu ligava para Sofia, mas a verdade é que estávamos nos falando muito menos do que gostaríamos e, para ser sincero, tomado que estava pelo trabalho, eu nem mesmo estava com disponibilidade para sentir saudade. O plano original era que ela viesse logo para São Paulo, para namorarmos e pensarmos sobre o nosso futuro, mas fui obrigado a pedir a ela que adiasse a viagem por algumas semanas, para quando, enfim, eu estivesse mais livre. Ela não gostou, sentiu-se rejeitada, eu argumentei, reclamei do tom que ela usou e, no fim, acabamos desligando num clima negativo. Foi nesse momento que me dei conta que nós não havíamos, ainda, tido uma briga. Não havia entre nós, portanto, um relacionamento já consolidado. Dizem que a primeira briga de um casal é um passo importante, e nós ainda não passáramos por isso. Nem mesmo naquele telefonema ruim.

Quando os dias terminavam, eu comia alguma coisa rápida e despencava na cama. Foi naquele período que cometi meu grande erro, o erro que viria a ser fatal. Juliana (não é o verdadeiro nome), uma ex-namorada, me procurou, e eu, que não saía à noite havia tempos, diante de uma folga de sábado à noite, sem ter programa em vista e frente a perspectiva de ir para casa, comer um sanduíche delivery, tomar uma cerveja e terminar a noite sozinho, aceitei o convite para sair. Eu não estava atraído por Juliana, nem mesmo todo o bode do antigo relacionamento havia passado, mas tédio, solidão e carência, ainda mais numa noite de sábado, podem ser uma combinação muito perigosa. Admito, Juliana não era feia, mas não foram seus atributos físicos que me induziram ao erro. Para ser sincero, além de tédio, carência e solidão, o que me atingiu, mais do que tudo, foi fundamentalmente um ataque agudo de burrice. Juliana e eu fomos a um bar, bebemos, falamos besteira, rimos e depois, um pouco por inércia, terminamos a noite em meu apartamento, fazendo tudo o que não deveríamos ter feito. Sofia me ligou inúmeras vezes naquela noite, e eu, culpado (e ocupado), não atendi. Pego meio de surpresa, e sem vontade de mentir, estava sem saber o que dizer para ela.

No dia seguinte, depois de me livrar de Juliana, liguei para Sofia e usei as velhas desculpas de celular sem bateria, de carregador quebrado, já nem me lembro bem. Se a história soou convincente não sei, mas menti o melhor que consegui. O pior, porém, é que eu podia ter parado por ali, mas, burro além da conta, acabei cedendo às novas e insistentes investidas daquela minha ex-namorada, e foi assim que começamos a nos ver com alguma frequência, ou, para ser exato, quase todas as noites depois que eu saía da produtora. Minha dificuldade inicial em mentir para Sofia logo foi contornada, e eu aprendi a aplicar, sem culpa ou tremores na voz, as desculpas mais estapafúrdias. E como Sofia não conhecia praticamente ninguém em São Paulo, eu podia circular tranquilamente com Juliana, ir a todos os bares e restaurantes que costumava frequentar, pois estava livre do risco de ser flagrado por alguma amiga em comum e, assim eu pensava, estaria tudo bem.

Mesmo sendo um cretino, não deixo de ter alguma quilometragem na vida, e não demorei a perceber que minha ex-namorada estava querendo reatar as coisas comigo. Eu já não estava tão sem dinheiro, o projeto em que estava trabalhando era bacana, tinha casa própria na qual morava sozinho, de maneira que, no fim das contas, eu era um alvo razoável para aquela predadora, até porque a situação material dela não era das melhores. O sexo com Juliana era decente, a conversa não era ruim, mas eu não estava, realmente, querendo nada sério com ela. Em minha cabeça, assim que aquela fase de muito trabalho passasse, e já estava quase passando, eu voltaria a pensar em uma maneira de viver com Sofia.

Eu amava Sofia, só não podia tê-la naquele momento e, de um jeito que me era conveniente, ia deixando as coisas rolarem com Juliana. Quando ela insinuava que deveríamos assumir de uma vez por todas nosso relacionamento, morar juntos, etc., eu enrolava, não dizia nem sim, nem não, e ia levando. Para mim estava ótimo daquele jeito, é óbvio, e não tinha a menor vontade de ir além daquele arranjo. Eu tinha sexo quando quisesse e alguém para compartilhar a cama à noite, e assim, enquanto desse, iria embromá-la. Eu estava me sentindo muito esperto. Só que minha terrível ex-namorada não iria se satisfazer com um esquema provisório. E ela era muito mais esperta do que eu.

As expectativas dela eram, a cada dia que passava, crescentes. Como o meu trabalho com o roteiro estava entrando em sua fase final, e passei a ter mais tempo livre, ela acabava ficando cada vez mais comigo. Em algumas ocasiões era inevitável, ela estava em casa quando Sofia telefonava, e eu me sentia fazendo malabarismo, me equilibrando num monociclo sobre um fio, sobre um cânion, para conversar com uma sem me comprometer com a outra. Em algum momento eu acabei sendo obrigado a falar de Sofia para Juliana, mas enrolei dizendo que se tratava apenas de uma arqueóloga que me recebera no Amapá, com quem eu dormira junto, mas que não havia sido nada sério para nenhum de nós. Mas Juliana, que de boba não tinha nada, não tardou a perceber que tinha rolado algo mais do que uma mera transa passageira entre mim e a arqueóloga do Amapá, e decidiu usar todas as armas de que dispunha para explodir qualquer perspectiva de um relacionamento meu com Sofia. Como eu sou um idiota, isso não foi difícil.

Estava se formando, no horizonte, uma tempestade perfeita.

Meu trabalho com o filme tinha chegado a uma fase tranquila. O roteiro estava fechado e as filmagens estavam começando. A agitação não desaparecera, mas havia mudado de endereço. A produção ainda estava fazendo a revisão final de algumas das locações, contratando locutor, dando conta, enfim, daquele trabalho pesado que se faz antes e logo que se começar a rodar, no qual o roteirista ainda é chamado a fazer ajustes, mas sem a carga de trabalho de antes. Como estava previamente combinado, Sofia começou a me questionar mais insistentemente sobre quando voltaríamos a nos ver. Ela disse que poderia tirar fácil uma semana de folga e vir a São Paulo para me encontrar. Poderíamos ficar um pouco na cidade e separar uns dias para ir a algum lugar no litoral e também na Mantiqueira, havia cidades de que ela ouvira falar e que gostaria de conhecer, o que eu achava?, ela me perguntou, e falou em algumas das que tinha em mente, como São Francisco Xavier, Gonçalves, Ubatuba e

Paraty, mas eram apenas ideias, e eu, que era paulista, poderia, claro, ter outras sugestões, que ela disse que adoraria ouvir. Sofia sugeriu que eu escolhesse dois destinos, um na praia e outro na montanha, e que fizesse reserva em duas pousadas, bem românticas, bem aconchegantes, para ficarmos talvez dois dias em cada lugar, namorando e pensando sobre nosso futuro. O resto do tempo passaríamos em São Paulo mesmo, iríamos a restaurantes, a museus, talvez a algum show, concerto, teatro. Tinha tanta coisa pra fazer em São Paulo, um contraste tão grande com Macapá, que ela queria aproveitar tudo o que pudesse, e me aproveitar o máximo que pudesse, que ela estava morrendo de saudade, que estava louca para chegar logo o dia de viajar, que não queria ficar mais tanto tempo sem me ver de novo.

Eu queria muito rever Sofia, eu a amava e estava com muita saudade. Só que, por outro lado, estava com Juliana dormindo quase todas as noites em meu apartamento, pois havia deixado aquela situação evoluir até um ponto que parecia totalmente fora do meu controle. Eu não sabia como lidar com aquilo, e estava nada menos que apavorado. Mas não dava mais para adiar, então separei uma noite para conversar com Juliana e pedir para que ela desse um tempo, porque a arqueóloga viria de Macapá e ficaria uns dias em casa, não tinha outro jeito, eu inventei que ela vinha para ajudar a finalizar o projeto e, como me hospedara enquanto eu estive lá, não poderia negar hospedagem a ela aqui em São Paulo. Mas garanti que aquela chatice duraria poucos dias, e que eu aproveitaria a estada dela para encerrar qualquer expectativa que a arqueóloga tivesse, e que depois voltaríamos à nossa vida normal, mas que, por favor, Juliana, por favor, e quase implorei, eu precisaria daqueles dias sem a presença dela, para conseguir, da melhor maneira possível, dar um fim àquela história de Macapá, sem prejudicar os trabalhos com o filme.

Juliana reagiu laconicamente, disse que compreendia, é claro, que de forma alguma me atrapalharia, que eu ficasse tranquilo, pois ficaria longe durante a permanência da arqueóloga em minha casa. Eu agradeci a ela, nós dormimos juntos mais aquela noite, admito que não foi ruim. No dia seguinte logo cedo ela começou a empacotar roupas, produtos de higiene íntima, alguns livros (só então me dei conta, e me impressionei com quanta coisa ela já havia levado para minha casa), de modo que então fiquei, nem seria preciso dizer, incrivelmente aliviado. Mas, sem me dar conta do poder do veneno da cobra peçonhenta que eu estava criando, fiquei aliviado só porque sou muito burro.

26

Sofia surgiu, como um vento bom e cálido, da área de desembarque doméstico, vestindo aquelas calças jeans que tantas vezes usou em Macapá e que sabia que eu adorava, camiseta branca, calçando havaianas, arrastando a mala de rodinhas. Olhando para ela, ali, vindo em minha direção, sorrindo, acenando, eu tive a certeza, se é que alguma vez duvidei, que a amava. Foi um sentimento que aflorou ali, naquele momento, com força avassaladora, e que, admito, estava meio adormecido dentro de mim desde que deixei o Amapá. Não sei se posso explicar esse adormecimento, nem mesmo sei se o entendo direito. Essa é uma daquelas questões que são mais fáceis de perguntar do que de responder. O turbilhão de trabalho em que mergulhei, talvez? A distância geográfica? Ter abrigado Juliana em minha casa? Pode ser tudo isso, pode ser uma parte, pode não ser nada disso. O que sei, e sou absolutamente honesto em relatar, é que naquele momento, ao ver Sofia caminhando em minha direção, senti uma corrente elétrica, um arrepio que atravessou meu corpo dos pés à cabeça, e isso é o mais óbvio dos sinais, todo mundo sabe, de amor e de paixão.

O fato é que, ao ver Sofia no aeroporto, caminhando em minha direção, eu soube, de maneira instantânea, que a amava e que queria ficar junto dela para sempre, do jeito que fosse, custasse o que custasse. Me senti infinitamente disposto, e iria dizer isso a ela na primeira oportunidade, que se fosse preciso eu até mesmo me mudaria para o Amapá, e para conseguir viver lá eu iria me virar do jeito que fosse, faria bicos, escreveria programas de governo populistas para políticos locais, criaria textos idiotas para as rádios da região, entraria para alguma ONG voltada para leitura de livros para crianças ribeirinhas, trabalharia no que desse, enfim, no que fosse possível. Eu ainda não sabia, mas Sofia desembarcou se segurando para me falar a mesma coisa (acabaríamos falando isso um para o outro naquele mesmo dia, à noite). Nosso reencontro em São Paulo era para ter sido a retomada do sonho compartilhado que vivemos no Amapá. Mas, que tristeza, tudo acabou por virar um terrível pesadelo.

Um colega na produtora havia me emprestado o carro, então, assim que Sofia e eu terminamos uma longa sessão de beijos, abraços e olhos nos olhos, fomos para o estacionamento, guardamos a bagagem dela no porta-malas, onde já estava a minha, fomos direto para a estrada. Pegamos a Dutra em direção a Taubaté e, de lá, a rodovia que desce até Ubatuba, para em seguida, viajando à beira-mar, chegarmos ao nosso destino final, Paraty. Depois de mais ou menos três horas e meia de viagem, durante as quais cada um de nós se revezava em tagarelar sem parar, finalmente entramos na cidade, com o carro chacoalhando nas ruas irregulares do centro histórico e, depois de encontrar um lugar para estacionar, entramos na Porto do Ouro, a pousada que eu tinha reservado para nós.

A primeira noite foi nada menos do que maravilhosa. Depois de tomarmos banho e namorarmos, saímos para andar sem rumo pelo centro histórico, até que, ao passar na frente de um restaurante que achamos charmoso, como já estávamos com fome, entramos. Vinho decente, um spaguetti com frutos do mar perfeito, uma iluminação ruim que — abusando das lâmpadas de 40 watts — tentava imitar luz de velas (ambos rimos disso) formaram o pano de fundo para que eu vivesse o que foi, em resumo, a noite mais deliciosa da minha vida. Apesar de confessar estar cansada depois de um dia inteiro de viagem, Sofia irradiava beleza, felicidade e plenitude. Ela estava linda, ela era linda. Sim, Sofia parecia muito mais bonita ali, naquele contexto mágico, quando eu já assumira para mim que a amava, do que quando a conheci em Macapá, no papel de uma simpática e atenciosa assistente da professora Cristiana Arruda, incumbida de me pajear.

O dia seguinte nasceu ensolarado e promissor. Acordamos cedo, tomamos café da manhã na pousada e saímos em direção ao cais, onde alugamos uma pequena traineira para nos levar, só os dois, além do barqueiro, para um passeio pela baía de Paraty, com suas ilhas e praias isoladas, tão familiares para mim, tão diferentes dos litorais do Amapá e do Pará, e que Sofia queria muito conhecer. Passamos o dia no mar, a maior parte do tempo dentro do barco, embalados pelo toc toc toc do motor, vez por outra desembarcando em alguma praia vazia ou mergulhando junto às costeiras do litoral de águas translúcidas, excelentes para ver de perto a vida marinha tão colorida daqueles mares. Não nos ocorreu levar nada para comer ou beber, mas o barqueiro, prevenido, tinha um cooler com água, água de coco, algumas latinhas de cerveja e refrigerantes, além de uma muito bem sortida cesta de frutas. O dia estava lindo, com céu azul, muito sol, o mar transparente, a melhor luz e a melhor temperatura do ano na região, pois era outono. Na hora do almoço, paramos em uma ilhota para comer peixe frito com arroz e salada de alface e tomate, no pequeno restaurante (estava mais, na verdade, para um precaríssimo quiosque) que havia ali, cujo dono era primo do nosso barqueiro. É impressionante, quando tudo em volta está perfeito, como a pior comida do mundo pode parecer a mais divina das refeições.

Por volta de quatro da tarde, com o sol já começando a querer se esconder por detrás das montanhas da serra do Mar, o barco em seu toc toc toc foi se aproximando do cais de Paraty. Diante de nós, crescendo, a igreja de Santa Rita de Cássia, tão familiar para mim por causa de aquarelas e esmaltes de meu pai, e à esquerda, meio apagada atrás dos muitos barcos ancorados, a casa em que viveu Julia da Silva Bruhns, a mãe de Thomas Mann. Casarão que Sofia queria muito conhecer, e onde prometi levá-la no dia seguinte. Sofia e eu estávamos cansados, curtidos de sol, a pele pinicando com a água salgada. Estávamos exaustos e estávamos infinita, cosmicamente felizes e apaixonados. O barco encostou, ajudei o barqueiro na delicada operação de encostar no píer, jogar os cabos, amarrá-los. Paguei a ele pelo dia no mar, desembarcamos, nos equilibrando na tábua e fomos para a pousada, brincando um com o outro, nos abraçando, dando as mãos e rindo, feito dois bobos, pelas antigas ruas de pedra de Paraty.

Quando chegamos e passei pela porta, demorei para acreditar na cena que tinha diante dos meus olhos. Uma tempestade perfeita havia se formado. Juliana estava lá, sentada, numa poltrona da recepção, com a cara emburrada, segurando uma revista, como se estivesse lendo. Me virei instintivamente para o recepcionista, atrás do balcão, e o que vi foi um rapaz pálido, com um olhar entre apavorado e constrangido. O tempo parecia estar passando em câmera lenta. Sofia foi entrando, sem se dar conta de nada, ainda sorrindo, já se dirigindo para a escada, no fundo da sala, que conduzia aos apartamentos do andar superior. Juliana, ao nos ver, se levantou ligeira da poltrona e, feito uma cobra peçonhenta, deu o bote em minha direção. Com os olhos injetados, começou a berrar, como é que eu tinha a coragem de fazer aquilo com ela, como é que eu a abandonava em casa, na nossa casa, inventava uma viagem de trabalho e vinha fazer sacanagem em Paraty com uma vadia qualquer, será que eu precisava ir tão longe atrás de putaria, precisava ficar me escondendo naquele lugar, por que aquilo, eu achava que ela era o quê?, será que eu não tinha noção de que ela iria descobrir tudo? Juliana vociferava, os olhos cada vez mais injetados, gesticulava muito, parecia querer bater em mim, e Sofia foi se assustando e se afastando, com os olhos muito arregalados, e meio balbuciante me perguntou se eu conhecia aquela mulher, e nem deu tempo de eu tentar responder qualquer coisa, porque Juliana, ao ouvir a pergunta de Sofia, berrava, agora para Sofia, ele é meu namorado, sua vaca, ele é meu homem, este vagabundo é meu homem, meu homem!!!, e Sofia, visivelmente assustada e confusa, se desvencilhou da situação e rapidamente subiu a escada. Eu queria ir atrás dela, mas Juliana não me largava, enquanto isso o rapaz da recepção, cada vez mais constrangido, parecia encolher, encolher e encolher mais um pouco, a ponto de se desfazer atrás do balcão, e apareceram outros hóspedes, assustados com o barulho e a confusão, e todos estavam pensando que eu era um marido que havia aprontado com a esposa, eu que nem casado era, nunca fui, que nem gostava daquela louca, e então eu me dei conta de que não haveria nenhuma saída satisfatória para aquela situação, que os loucos têm um poder de destruição que é único, que tudo, ali, estava perdido.

Quando finalmente consegui me livrar de Juliana e subi a escada em direção ao quarto, Sofia já vinha descendo com a mala. Usava óculos escuros e não falou comigo, passou reto, rígida. Parou na recepção e perguntou ao rapaz se a rodoviária ficava longe, ele disse um pouco, ela perguntou por onde, ele disse por ali, vira lá, anda duas quadras, vira de novo, assim, e emendou se ela não queria que ele chamasse um táxi, ela disse não, obrigada, e saiu pela porta, eu tentei ir atrás dela, gritei Sofia, Sofia, é tudo mentira dessa louca, ela já tinha dado uns cinco ou seis passos, se virou, olhou para mim e disse me esquece, seu babaca, se virou de novo e foi embora.

Que vendaval, que tempestade.

A última imagem que tenho de Sofia é ela, lá na frente, virando a esquina, a mala de rodinhas pulando, atrás, nas calçadas de pedra de Paraty. Imagino que tenha tentado ir direto (ou o mais direto que deu) para o aeroporto de Guarulhos, e de lá para Macapá. Imagino, porque não tenho como saber. O que sei é que quando entrei de novo na pousada, passado o efeito surpresa e um pouco mais senhor da situação, discuti e briguei muito com Juliana, que tentou vir em minha direção, dizendo que me amava, que queria me encher de beijos, mas eu estava furioso além da conta para que ela achasse que teríamos alguma conversa, inclusive ameacei chamar a polícia, e então ela, com aquela cara de louca que tinha, virou-se e foi embora. Ela estava feliz. Tinha implodido meu relacionamento com Sofia, que, conforme ela havia pressentido corretamente, estava virando algo sério. Deve ter calculado que em algum momento minha raiva passaria e nós voltaríamos a ficar juntos. Pois calculou errado, a vaca.

Na pousada, eu finalmente consegui explicar a situação para o recepcionista, contei que não era casado coisa nenhuma, que tivera só um caso passageiro com a maluca, ele entendeu, ou pelo menos fez que entendeu. Eu não queria sair de lá deixando a imagem de marido pulador de cerca que Juliana tentou carimbar em mim. Ainda na pousada, de volta ao quarto, fiquei tentando ligar para Sofia, e, como ela não atendia (eu não tinha mesmo a menor esperança), logo em seguida fiz as malas, paguei e fui embora também. Peguei o carro e dirigi direto para a rodoviária, em busca de Sofia, mas não vi nenhum sinal dela. Já tinha anoitecido, fui para a estrada e fiz o caminho inverso do dia anterior, só que agora com o espírito completamente desolado: Ubatuba, depois a serra e a Dutra, até o aeroporto de Guarulhos. Era uma última e desesperada tentativa de encontrar Sofia em São Paulo, quem sabe eu a visse andando pelos saguões, em alguma fila de check-in, comendo em uma lanchonete. Vaguei pelo aeroporto por não sei quantas horas, mas, assim como na rodoviária de Paraty, não encontrei nem sombra dela. Antes de ir embora, me dei conta de que não punha nada na boca desde o peixe com arroz na ilhota de Paraty e resolvi comer alguma coisa por lá mesmo, antes de ir para casa. Cheguei tarde, ainda tentando processar em minha mente tudo o que havia acontecido naqueles dois dias.

Como eu ainda estava oficialmente de férias, tinha liberdade de movimento e, no dia seguinte, logo cedo, comprei a primeira passagem que havia para Macapá, voltei ao aeroporto e embarquei e decolei. Uma vez lá, fui direto para a casa de Sofia. Eram por volta de três da tarde. Toquei a campainha, bati palmas, chamei por Sofia. Nada. A casa estava fechada e ninguém respondeu. Peguei em seguida um táxi e fui até a universidade, atrás de Sofia no CEPAP. Perguntei por ela, me responderam que Sofia viajara para São Paulo e não deveria voltar antes de uns dez dias. Nesse momento percebi que estava com fome, pois não comera nada desde que acordara, nem nos aeroportos, nem no avião. Já estava ficando tarde e me dirigi ao hotel em que me hospedara na vez anterior. Por sorte havia vaga, fiz check-in, deixei minha mochila no quarto e fui para a rua comer alguma coisa, antes de tentar, de novo, encontrar algum sinal de vida na casa de Sofia. Nada. Voltei para o hotel e fiquei, na varanda do quarto, bebendo cerveja e vendo a noite cair sobre a cidade e o rio. Parecia óbvio que Sofia deixara Paraty mas não voltara, ainda, a Macapá. Talvez tivesse ido para a casa de alguma amiga ou amigo, ou para Santarém, ver a mãe. O fato é que não faria sentido permanecer em Macapá indefinidamente, esperando que ela algum dia aparecesse. Tomei café da manhã, fiz check-out no hotel e depois uma última tentativa de encontrar algum sinal de Sofia na casa dela. A qual, como eu esperava, estava tão fechada quanto na véspera. Me deixei ficar ali por algum tempo, encostado num muro do outro lado da rua, olhando para o quintal com aquelas árvores enormes que ela sabia identificar, para a janela do quarto onde passamos noites tão boas, tão inesquecíveis. Fiquei ali olhando, lembrando, sofrendo. Até que senti que já passara da hora de ir embora e, muito triste, chorando mesmo, fui para o aeroporto e peguei o primeiro voo disponível para São Paulo.

De volta à minha casa, mesmo que com pouca esperança, por alguns dias continuei tentando ligar para Sofia, mas em nenhuma vez ela atendeu. Enviei e-mails, mandei mensagens de celular, ela jamais respondeu a nenhuma das minhas tentativas. Acabei desistindo, os compromissos me chamavam, a vida precisava seguir em frente. Eu não tinha alternativa, precisava recolher os destroços deixados pelo vendaval e reconstruir meus projetos de vida da melhor maneira que conseguisse.

Ainda fui obrigado a encontrar Juliana mais uma vez e a suportar outro escândalo, com choro, gritos e, no fim, um cínico pedido de perdão. Nessa ocasião, pelo menos, estávamos num bar neutro, sem testemunhas conhecidas, e eu, já prevendo as cenas que se sucederiam, não passei vergonha. Abusei de meu autocontrole e consegui rebatê-la de maneira civilizada, falando de um modo sereno, sem elevar a voz, mas dizendo tudo o que eu queria e precisava dizer: que ela era louca e mau-caráter, que havia espionado meu computador e meu celular, que nós dois não tínhamos e nunca havíamos tido nada sério, que o que ela fez era caso de polícia, de processo, mas que eu deixaria passar desde que ela desaparecesse de minha vida para sempre, e em seguida pedi a conta ao garçom, paguei, me levantei, disse adeus e fui embora. Ela ficou ali sentada, olhando para mim, chorando, implorando, fazendo as cenas de praxe, mas, felizmente, não foi além desse ponto.

No dia seguinte, por garantia, troquei as chaves do apartamento, e avisei ao porteiro que, caso Juliana aparecesse, ela não estava autorizada, em hipótese alguma, a subir. É claro que ela tentaria: nos dias seguintes ao nosso derradeiro encontro, o porteiro ainda teve que barrá-la duas ou três vezes, e eu também precisei ignorar algumas ligações dela, até que, finalmente, algumas semanas depois, Juliana finalmente desistiu de me procurar.

Sim, Juliana finalmente desapareceu, de uma vez por todas, de minha vida. Mas o estrago que aquela louca causou em meu relacionamento com Sofia, um relacionamento tão no começo, tão no berçário ainda, permaneceu. E seria um estrago irreparável, eu achava, e não tinha por que pensar de outra forma, pois o que Juliana lançou sobre nós, foi mais que uma maldição, foi uma verdadeira bomba arrasa-quarteirão.

O museu de Argel, Argélia

27

Margem esquerda do Rio Branco, 6 de outubro de 1997.

Estou cansado. Vou perdendo, já perdi, as esperanças. Sempre fui um otimista, sempre confiei na minha capacidade de me safar das piores situações. Mas sempre fui, também, realista. E hoje, enquanto escrevo estas linhas, estou ciente de que minhas perspectivas não são boas. Nem um pouco boas. Ontem de manhã me animei quando ouvi o barulho de um avião e imaginei que iriam me localizar. Mas o barulho nem chegou perto. Passou de fraco a muito fraco e sumiu, longe. Voaram para o lado errado! O que aqueles caras estavam pensando? Estou fraco. Meu pé direito dói demais. Já acabou o pouco de comida que salvei do avião, junto com o que cacei nos primeiros dois dias. Tenho arma, tenho munição, mas não consigo mais sair pra caçar. Meu pé não me deixa ir longe. O direito. Está inchado, dói demais. Ainda tenho água. Estou achando que não vai dar. Tem onça rondando. Se a fera me pega dormindo, já era. Não consigo acender o fogo. Mal consigo me locomover. Vão acabar chegando aqui, eu sei. O resgate. As pessoas virão atrás de mim, com certeza estão atrás de mim. Piloto do garimpo não abandona companheiro. Mas estou achando que, quando chegarem, já vai ser tarde. Demorando, demorando, estão demorando. Tarde pra mim. Aguento mais uns dois ou três dias, quatro no máximo. Depois, já era. Não tenho o direito de reclamar. Sempre vivi no limite, sempre. Do jeito que levei a vida, vivi até demais. Inspirado em Agostinho, de quem sempre fui próximo, posso dizer que, ao nascer, recebi o direito ao livre-arbítrio, e dele abusei, e como abusei. Qualquer consequência pra mim, agora, não será a representação de um mal maior, mas apenas, e simplesmente, uma consequência.

Chega de lamúrias. Minha intenção com estas linhas não é lamentar, mas me despedir das duas pessoas que mais venero nesta vida. E que um dia, eu tenho fé, poderão ler o que estou escrevendo agora.

Madalena, eu te amo, e espero que você consiga refazer sua vida sem mim. Brigamos algumas vezes, ou não tão poucas vezes, reconheço que não fui um marido perfeito, longe disso, mas sempre te amei, você foi a única mulher que eu realmente amei. Pelo menos estou te deixando com algum dinheiro, alguns bens, eu sei que não é muito, mas me tranquiliza ter ciência de que necessidade você não vai passar. Saber disso me serve, neste momento, de consolo. Cuide bem de nossa filhinha, essa pessoa linda (em todos os sentidos) que nós dois geramos juntos. E se case outra vez, se puder, Madalena. Você ainda é jovem, é bonita, merece um bom marido. Fique certa de que um novo relacionamento terá a minha benção, seja lá onde minha alma estiver, se é que estará em algum lugar.

Sofia, minha filha, saiba que seu pai te ama. Muito. Você é preciosa, é uma menina muito, muito especial. Você foi a coisa mais importante que aconteceu na minha vida, a única coisa, posso dizer com segurança, que fez com que minha vida tenha valido a pena. Às vezes, voando, eu pensava em você, via você diante dos meus olhos, pequenina, brincando, ou fazendo o dever de casa, e imaginava o que você viria a ser mais velha, em quem você se transformaria quando crescesse. Eu não verei isso, esse dia, isso é o que mais me dói, mas sei que você será uma pessoa incrível quando crescer, assim como sempre foi, desde que nasceu, e como é hoje. Cuide de sua mãe, estude muito e sempre, encontre um homem que a respeite, que seja digno de você, mas não dependa dele, nem de ninguém. Seja feliz. Você sabe que seu pai não é religioso e que não acredita em céu e em vida após a morte, mas de alguma maneira, eu sei — e você pode contar com isso — eu, seja lá de onde, estarei olhando por você, cuidando de você.

Aqui, longe de tudo, distante do sol da Argélia, que nunca saiu de dentro de mim, e que jamais irei rever, eu me despeço de vocês duas. Entre as fezes e a urina, estou indo.

Com amor,

André

28

De novo aqui estava eu sozinho, mas pelo menos tinha trabalho e as finanças estavam razoavelmente em ordem. O filme sobre Mazagão ficou pronto e, talvez porque teve uma boa receptividade, ganhando até mais de um prêmio, a produtora, confirmando a possibilidade inicialmente aventada, me ofereceu um emprego permanente. Eles estavam pensando em alguns projetos na mesma linha, e seria mais barato ter alguém cuidando disso com salário fixo do que orçando caso a caso. Para mim, que estava sedento por alguma estabilidade, a ideia era ótima, ainda que eu viesse a ganhar menos, em cada projeto, do que se trabalhasse como freelancer.

A rotina na produtora era tranquila, eu gostava dos meus colegas, os sócios me tratavam bem, sempre me pediam palpites, mesmo em projetos nos quais eu não estava envolvido. Era um clima bom, respeitoso e produtivo. Era um lugar, enfim, para o qual eu ia, todas as manhãs, com prazer. E de onde saía, ao fim de cada dia de trabalho, feliz e com o sentimento de dever cumprido. Não. Na realidade, eu saía de lá, no fim de cada dia, sem ânimo, sem vontade de ir embora, tamanho o contraste da vida profissional, que ia bem, com os outros aspectos da minha existência, que iam mal.

Porque o que não existia mais, para mim, era uma vida afetiva. Eu pensava sempre em Sofia, e ficava me lamentando em quanto tinha sido idiota por abrir minha porta para Juliana, deixando que ela entrasse novamente em minha vida e estragasse um relacionamento que, ainda que estivesse apenas nascendo, estava me deixando feliz como eu não me lembrava de ter sido antes. Eu estava, enfim, sozinho. Trabalhar era bom, exigia de mim, era recompensador, me deixava feliz. Mas eu não conseguia evitar o sentimento de vazio, a melancolia que me invadia a cada fim de expediente quando voltava para casa.

Não voltei a procurar outras mulheres, nem cedi aos convites que vez por outra apareciam. Se não tivesse Sofia, para mim isso era claro, eu ficaria sozinho. Depois de um tempo acabei me acostumando. Eu tinha meus amigos, é óbvio, tanto os novos, gente que conheci por intermédio da produtora, quanto os antigos. De vez em quando algum desses, especialmente os casados ou compromissados, inventavam de me apresentar a alguma amiga solteira ou divorciada. Não caí em nenhuma dessas armadilhas. Não porque tivesse feito alguma promessa, um voto de castidade, nada disso. Eu simplesmente não tinha vontade. Olhava para aquelas mulheres, algumas delas, inclusive, charmosas, atraentes, mas a verdade é que elas não me atraíam nem um pouco. Algumas delas aparentavam ter um milhão de qualidades, mas todas compartilhavam um grande e insuperável defeito: nenhuma delas era Sofia. Eu não havia pensado isso com todas as letras, mas teve um dia em que me dei conta de que era desse jeito que as coisas seriam para mim. Eu teria Sofia, ou não teria ninguém.

As semanas passaram, os meses passaram.

Numa tarde de sábado, um dia de tempo entre nublado e de garoa leve em que eu estava em Ubatuba, resolvi dar uma passada pelo canto esquerdo da Praia Grande para ver se Pedrão estava lá. Minha intenção era apenas rever o amigo de quem não recebia notícias havia algum tempo e poder jogar um pouco de conversa fora, um pouco sobre tudo, o nada, o surfe, a vida. Eu só queria matar a saudade, enfim. Dei sorte, pois Pedrão estava por lá. Ao me ver, ele abriu, como sempre fazia, aquele sorriso rasgado que era a sua marca registrada. Mas me surpreendi com a aparência abatida e a magreza de meu velho amigo. Já fazia pelo menos uns seis meses que não o via, pois estava indo pouco à Ubatuba, e a aparência de Pedrão me assustou de verdade. Perguntei como ele estava, e a resposta foi que andara doente, uma crise renal, pedra, mas que graças a Deus já estava melhor, melhorando a cada dia, e que, em breve, tinha certeza, voltaria a surfar. Apesar da preocupação, fiquei aliviado com a resposta, que parecia fazer sentido.

E foi então que o destino começou a me mostrar como pode ser caprichoso. Pois Pedrão disse que estava feliz por me ver, entre outras coisas porque, quando estava para ser hospitalizado e precisou localizar documentos antigos, carteira de saúde, coisas assim, encontrou alguns papéis que havia recebido, anos atrás, de um antigo companheiro da Amazônia, e que, se lembrando de algo que eu perguntara a ele na época da entrevista para a revista, imaginou que eu gostaria de examinar.

No meio dos papéis que Pedrão revirou, ele prosseguiu, estava uma pasta, esquecida havia muitos anos no fundo de uma mala, com documentos que haviam sido achados nos destroços do avião do Alemão, "aquele piloto do garimpo, o mesmo Alemão que você me perguntou se eu conheci, lembra?" Pois o avião acidentado do Alemão só foi encontrado por acaso, Pedrão me disse, um bom tempo depois da queda, seguramente bem mais de um ano. Um grupo de caçadores, navegando pelo igarapé das Antas, perto do Rio Feio, parou para acampar numa das margens e, meio escondidos pela vegetação, estavam os destroços de um avião. Aquele igarapé era pouco frequentado, margens com mata fechada, daí a demora para encontrá-lo. Na época, Pedrão se lembrava, foram feitas muitas buscas, mas ninguém viu o menor vestígio do Cessna do Alemão, porque, provavelmente desorientado pelo tempo ruim, ele havia saído muito do curso previsto quando fez o pouso forçado. Sim, pouso forçado, Pedrão insistiu, diante de meu olhar de incredulidade. E continuou: "Ele não se espatifou, não morreu na queda. Dá pra saber por que ele escreveu um diário nos dias seguintes, enquanto esperava pelo resgate que nunca chegou. E esse diário estava no meio de papéis, muito bem empacotados, que foram encontrados dentro do avião quando ele foi localizado."

"Você vai ver", Pedrão continuou, "quando ler o diário, que ele achava que estava numa prainha do Rio Branco, mas na verdade estava bem longe de lá. Se estivesse, teria sido encontrado logo, possivelmente com vida, pois o pessoal sobrevoou bastante o leito do Branco, teve gente que passou até de barco por lá." Perguntei a Pedrão se haviam encontrado os restos do corpo, ossos, sei lá, e ele me respondeu que não, que não acharam vestígios de gente. Mas isso é normal, ele completou. Na Amazônia, com aquele clima quente e úmido como o inferno, e com a quantidade de animais, de insetos, principalmente formigas, um corpo insepulto não dura muito tempo. Se um jacaré não arrastar para a água, se uma onça não levar embora, as formigas corredeiras acabam com tudo em pouco tempo. Não demora muito não, não sobra nem osso. E ele não se lembrava exatamente de quanto tempo, mas sabia que havia se passado bastante tempo antes que os restos do avião do Alemão fossem localizados. Os papéis sobreviveram porque o Alemão teve o cuidado de embalá-los muito bem, em plástico, apertou com elástico e os deixou, protegidos da chuva, dentro dos restos do Cessna.

O camarada havia entregue os papéis a Pedrão, porque, como ele era um mecânico muito requisitado, que conhecia todo mundo, teria mais chance de fazer o material chegar a algum parente ou conhecido do dono do avião. Mas Pedrão, na época, não conseguiu localizar a esposa do Alemão e, pouco tempo depois, se enterrou num garimpo no meio do mato, onde ficou por um bom tempo, e acabou se esquecendo do assunto. Bem mais tarde, quando resolveu deixar o garimpo e voltar para Ubatuba, enfiou tudo o que tinha numa mala e veio embora. Junto vieram os papéis, dos quais ele já não se lembrava, dentro de uma velha pasta fechada com elástico. Foi só agora, Pedrão continuou, que, revirando a papelada velha, ele reencontrou a pasta. "Dentro estava o diário do qual falei, as coisas que o Alemão escreveu ali, na beira do Igarapé, antes de morrer. Mas tinha também umas fotografias antigas da Argélia, fotos, aliás muito bonitas, com os locais a que se referem escritos a caneta no verso." Se eu gostaria de ver o material? Pedrão me perguntou. E eu, que só faltava explodir de tanta ansiedade, respondi que claro que sim. Então eu vou levar na sua casa, da sua tia, ele disse. Hoje mesmo, mais tarde, à noite, eu passo por lá e te entrego. E eu tenho certeza, ele completou, que você vai se interessar e poderá dar um destino melhor para aquilo que está lá.

Conversamos mais um pouco e, como eu tinha combinado um almoço com uns amigos, nos despedimos com um abraço e fui embora. À noite, já em casa, eu fiquei esperando, mas Pedrão não apareceu, nem no dia seguinte, o domingo, e não fiquei sabendo o porquê. Alguns dias depois, quando eu já não estava em Ubatuba, ele me procurou, e acabou entregando a pasta para um primo meu que estava lá, que ficou de enviar para mim em São Paulo, por correio, promessa que cumpriu alguns dias depois. Finalmente, num dia de semana qualquer, quando voltei da produtora à noite, lá estava, na portaria do prédio, deixada pelo carteiro, a pasta enviada por Pedrão dentro de um envelope. Fui tentando abrir aquilo, de maneira estabanada, usando a chave de casa, pois o pacote estava bem fechado, e eu não tinha estilete, canivete, nada, então fui tentando enquanto esperava pelo elevador, dentro do elevador, no hall do andar... mas só consegui desfazer o pacote já em casa, na cozinha, à faca.

Fiquei estupefato com o que fui tirando de lá de dentro, minha cabeça entrou em parafuso. Muito bem guardado, protegido da umidade e de traças, o material estava surpreendentemente intacto. De cara, me emocionou ao ponto de chorar, ler a despedida de André Giraud para a mulher e para a filha, Sofia, escrita com caligrafia ruim, sofrida. Em seguida, fiquei olhando, por um longo tempo, as fotos antigas da Argélia, imaginando o que cada um daqueles lugares significou, em algum momento da vida, para Giraud. É óbvio que as fotografias deviam ser muito especiais, porque, se não fossem, o que estariam fazendo dentro do avião, indo e voltando com ele, das pistas de garimpo? O porto de Argel sob diversos ângulos, a praça da República, a catedral, aquela ponte em Constantine, o mar em Bône, em Phillippeville... As fotografias eram antigas (ainda que não datadas) e colorizadas. Teriam pertencido ao pai, à mãe, a algum avô de André? Quais os lugares, dentre estes das fotos, Giraud terá conhecido? Com quem esteve em cada um deles? Com os pais, com namoradas, com amigos, sozinho? Será que meu pai chegou a ver aquelas imagens? E o que meu pai acharia daquilo tudo, de eu ter conhecido Sofia, de Pedrão ter sido o elo involuntário entre todos nós? E Sofia, meu deus, ela precisava ver, ter aquilo em mãos, com urgência... Aquilo tudo pertencia a ela. Mas como falar com Sofia? Como me aproximar sem que ela fechasse a porta antes mesmo que eu me explicasse?

Desde o instante em que pus os olhos pela primeira vez nos papéis de André Giraud não parei de pensar que precisava ir logo para Ubatuba, para falar com Pedrão a respeito daquilo, mas estava vivendo uma daquelas fases de muito trabalho, e quando finalmente chegava sexta-feira à tarde, exausto e ainda com tarefas por completar, eu acabava adiando a viagem para o próximo fim de semana, e para o próximo, e para o próximo... Eu nunca mais veria o Pedrão.

Uns dois meses depois daquele sábado em que conversamos na praia Grande, eu recebi, em São Paulo, uma ligação de um amigo de Ubatuba, com a notícia de que Pedrão havia morrido. Um câncer fulminante, disseram. O processo todo, desde o diagnóstico inicial até a morte, levou pouco mais de meio ano. Foi só aí que compreendi a aparência doente de Pedrão na última vez que nos encontramos. Quando eu soube do falecimento, as cerimônias fúnebres já haviam ocorrido, incluindo uma daquelas manifestações copiadas dos havaianos, em que uma porção de surfistas forma um grande círculo, cada um sentado em sua prancha, no *outside*, lançam flores ao mar e cada um que tem vontade fala alguma coisa para homenagear o amigo que se foi. Pedrão era muito popular, muito querido, deve ter sido uma cerimônia bonita, da qual eu gostaria de ter participado. Fiquei devastadoramente triste com a morte dele, num luto pessoal que se estendeu por dias e dias. E hoje conservo as boas lembranças, as da minha infância e adolescência, quando ele cuidava para que ninguém mexesse com os garotos menores, e depois do nosso reencontro, das conversas, das cervejas que tomamos juntos, das sessões de surfe.

Naqueles dias eu pensei também que um dos últimos gestos de Pedrão em minha direção foi me reconduzir, ainda que sem querer, para o caminho de Sofia. Quando conversamos pela última vez, ele seguramente sabia que estava morrendo, e de alguma maneira estava, de novo, me ajudando, como ajudava quando eu era garoto. Com um anjo da guarda da estatura de Pedrão me empurrando, eu não poderia deixar passar a oportunidade, precisava ler os sinais, obedecê-los, remendar meus erros e tentar trazer Sofia de volta. Precisava dar um jeito de convencê-la a retomar algo que foi interrompido tão no comecinho. Além disso, ao me levar de volta à história de André Giraud, Pedrão acabou me dando um impulso decisivo para a decisão de escrever estas linhas e, não menos importante, fez com que eu me reaproximasse, ou, melhor, me reconciliasse com a memória de meu pai, e aceitasse sua presença junto a mim. Hoje, depois desse tempo todo, de todas essas páginas escritas, sinto que as mágoas desapareceram, que os problemas se foram. Hoje, para mim, meu pai representa, essencialmente, afeto, ele é alguém de quem me lembro com carinho e de quem sinto saudade e orgulho. E Pedrão tem algum mérito nisso.

Pedrão Preto jamais desaparecerá da minha memória, e nela terá sempre um lugar especial. Gosto de me lembrar dele, surfando em seu longboard, com elegância e estilo, fazendo aqueles *cutbacks* harmoniosos, indo e voltando do bico, os pés negros deslizando sobre as ondas encorpadas do canto do Baguari. Vez por outra eu pego, na prateleira, a revista com a matéria que fiz com ele, e folheio, releio, relembro. Me consola saber que uma das últimas coisas que eu perguntei a Pedrão, naquele nosso derradeiro encontro, foi se ele ainda se lembrava da matéria que eu escrevera sobre ele. Ao ouvir a pergunta, o rosto e os olhos dele se iluminaram, afastando, por alguns segundos, o ar abatido provocado pela doença terminal. Pedrão respirou fundo, soltou um suspiro, sorriu e, olhando fixo para mim, respondeu: e daria pra esquecer?

29

Olá, Sofia, tudo bem?

Há muito tempo eu queria te escrever, mas estava sem saber como fazer isso e não ser imediatamente rejeitado. Mas agora tenho um pretexto, materializado na forma de uma notícia importante que preciso dar a você.

Então, eu imploro: não deixe de ler este e-mail até o fim.

Por circunstâncias absolutamente improváveis, que fazem parte de uma história para lá de comprida, história por um lado alegre, por outro triste, e que deixo para te contar em pessoa (se você me der a oportunidade), chegaram às minhas mãos alguns documentos que pertenceram ao seu pai, que estavam com ele no avião, quando ele sofreu o acidente que acabaria por tirar-lhe a vida.

Trata-se de uma espécie de diário dos últimos dias de seu pai, além de algumas fotografias antigas da Argélia, do mesmo lote, com certeza, daquelas duas que você tem e me mostrou naqueles dias em que ficamos juntos em Macapá. Tenho certeza de que as imagens, uma mais bonita do que a outra, você já conhecia. Por que estavam com seu pai, no avião, eu não sei, mas me parece evidente que era algo que ele prezava muito, e fico imaginando se, à noite, nos acampamentos das pistas do garimpo, antes de dormir, ele não ficava olhando para as fotos, recordando os tempos longínquos e perdidos da infância. O caderno/diário (me perdoe, mas não pude deixar de ler), traz o relato dos derradeiros dias de vida de seu pai, sozinho, às margens de um igarapé, esperando por um resgate que jamais chegou. Em todo caso, são documentos que pertencem a você e a sua mãe, que devem ficar com vocês, e é nada mais do que minha obrigação fazer com que cheguem às suas mãos. Está tudo muito bem conservado. Seu pai foi muito cuidadoso quando embalou o pacote, fechando bem, dentro de um plástico, com elástico, e todas as pessoas que puseram as mãos no material mantiveram-no bem protegido.

Eu poderia enviar por correio, mas penso que o material é precioso demais para que corramos o risco de extravio ou de algum dano (justo agora, depois de tanto tempo, já pensou?). Por coincidência, devo embarcar para Belém na próxima semana, para um trabalho rápido de dois dias. Se você quiser ir à Belém, nos encontraremos lá. Ou, se não quiser nem puder, me diga, pois posso dar um jeito e dar uma esticada até Macapá, quando terminar meu trabalho, e nos veríamos aí na sua cidade. Eu realmente preferiria te entregar esses documentos pessoalmente, quando aproveitaria para te ver e contar a história toda de como esse material acabou chegando até mim.

Calma. Não terminei ainda o que precisava te falar. Até aqui eu estava no terreno das obrigações, pois, como disse, tenho claro que é simplesmente minha obrigação fazer chegar a você, intactos, os papéis e as fotos de seu pai que meu amigo Pedrão me entregou (eu acho que já havia falado a você de Pedrão, e a participação dele no resgate e na sobrevivência desses documentos de seu pai faz parte da história que tenho para te contar).

A parte que não é obrigação, mas que é infinitamente importante para mim, eu escrevo agora. São, no estilo do Santo Agostinho, que seu pai tanto amava, confissões. Mais exatamente, duas:

Primeira confissão — Estou tentando escrever um livro, na realidade, um romance na linha do que é atualmente classificado como "autoficção," no qual aparecem você, eu, meu pai, meu amigo Pedrão, a escavação na qual você trabalhou em Mazagão e, como uma espécie de espinha dorsal a conduzir toda a narrativa, seu pai (o que ele fez, pensou e sentiu, a Argélia, o Marrocos, a vida no Brasil, o Mato Grosso, a aviação do garimpo, sua mãe, você...). E, claro, como em toda obra de "autoficção", há um bom pedaço, como o nome indica, em que o que é relatado é ficção mesmo. Mas a ideia é que o leitor nunca saiba exatamente o que é real e o que é inventado.

Sofia, além de estar nestas páginas (numa versão ficcional, insisto), você precisa saber que teve um papel fundamental na minha decisão de começar esse projeto, pois o que me disse mais de uma vez, em Macapá, que eu deveria ir além dos roteiros e investir meus esforços numa obra literária, totalmente autoral, jamais deixou de ficar martelando, esse tempo todo, na minha cabeça. Foi você, em suma, que me levou a começar esse negócio. Não se preocupe, nada haverá de desrespeitoso à memória de seu pai, nem com relação à sua mãe ou a você. Fique absolutamente tranquila quanto a isso. Aliás, nada há de desrespeitoso com relação a nenhum dos personagens, muito menos à personagem que é inspirada em você. Se alguém não aparece muito bacana no texto, esse alguém é o narrador, inspirado, como não poderia deixar de ser, em mim. Dito isso, não custa repetir que você foi fundamental para que este projeto de livro ganhasse corpo, a ponto de eu considerar isso tudo uma coisa tão sua quanto minha. Assim, se em algum ponto você achar que há algo de inadequado, ou que você considere ofensivo, ou que fira sua intimidade, não se preocupe, eu altero, ou mesmo corto fora, sem hesitar. Sofia, o meu amor e o meu respeito por você são muito maiores e mais importantes do que qualquer devaneio literário meu.

Mas, se você gostar da ideia, o que seria maravilhoso, já tenho até dois títulos provisórios em mente: “Exílios” ou “Pés Negros”. E eu gostaria muito de mostrar a você o que já rascunhei, ouvir críticas, sugestões, discutir as ideias de títulos, etc. E no fim das contas, claro, você vai poder me dizer se o que estou tentando escrever faz sentido ou se é uma completa bobagem.

Segunda confissão — esta é a confissão realmente importante — Quando aquele vendaval de Paraty passou, e parei um pouco, com tempo para pensar na vida, podendo refletir sobre todos os fatos que são citados, de uma maneira ou de outra, no livro no qual estou trabalhando, me dei conta de quanto (quanto, quanto!!!) fui imensamente idiota de perder você. Na verdade, falando clara e diretamente: está sendo impossível, para mim, superar a sua falta. Tive minha parcela de culpa pelo que aconteceu em Paraty, parcela considerável, é verdade, mas não toda ela, e muito menos da maneira como ficou parecendo. Mas isso eu não vou explicar aqui, e sim em pessoa, se você me der essa oportunidade. Oportunidade, se você me der, depois de explicar, de pedir também perdão.

Sofia, acho que o que estou dizendo é simples: eu te amo, eu descobri isso, descobri que te amo muito, desesperadamente e, passado todo esse tempo, consigo perceber com clareza que minha vida não faz nenhum sentido sem você aqui (ou aí, ou no fim do mundo) comigo. Eu gostaria (imensamente, indescritivelmente, infinitamente), se você estiver disposta, de tentar retomar alguma coisa que, por culpa exclusiva minha, deixamos ficar para trás. Pode ser, admito, que no fim, fracassemos enquanto casal. Quem é que pode prever o futuro? Mas é terrível a sensação de que nós, nem mesmo, de verdade, tentamos. É terrível sentir que fracassamos antes de termos começado.

Bom, você viu que a segunda confissão é mais do que uma confissão, é uma súplica. Me diga algo, e por favor, não peça para eu enviar a você os papéis de seu pai pelo correio, nem por algum portador, nem por nada parecido. Permita que eu entregue tudo a você, em mãos.

Sofia, não tranque as portas e as janelas às minhas esperanças. Esperanças que, eu tento acreditar com todas as minhas forças, também são suas. Deixe uma luz acesa para mim na porta da cozinha (você se lembra daquele nosso blues?).

De quem te ama e está pedindo perdão,

A.

P.S. No anexo está uma das fotografias que foram encontrados no avião de seu pai, que tirei com a câmera do meu celular, o porto de Argel visto a partir do Almirantado.

(Anexo) O porto de Argel a partir do Almirantado